父さんから　洋平への手紙

洋平。

おまえが生まれるとき、父さんは病院の廊下でずっと祈っていた。

な子でありますように。

れば大きく生まれますように。

おなかにいたとき、小さめ小さめと言われていたから。

日母さんが苦しんで出てきたおまえは三千七百グラムもある大きな子で、赤い手足を元気いっぱい動かしていた。

んは親になれた幸せにどっぷりつかって、やがてそんな平和になれった。

お宮参りを予定してた日に、おじいちゃんたちがかぜをひいて、一ヵ月のばすことにした。

そして、もうすぐそのお宮参りって日に、おまえはかぜをひいた。熱もたいしたことない。元気もまぁある。だけど一応病院へ行っとけよ。父さんは母さんにそう言い残して、会社へ行った。

育児は母親の仕事、そんな風に思っている父親だったんだ、父さんは。


その母さんから会社へ電話が入ったのはそれから数時間後。

たぶん入院して精密検査することになると思うから、午後大きな病院を予約した、ということだった。

そんなにかぜが重かったのか、と思った。だけど、母さんが言うには、かぜはかぜ、それより別の大きな異常があるらしいの。涙声だった。

翌日からの研修合宿をひかえ、忙しいさなかの会社をとびだした。そし

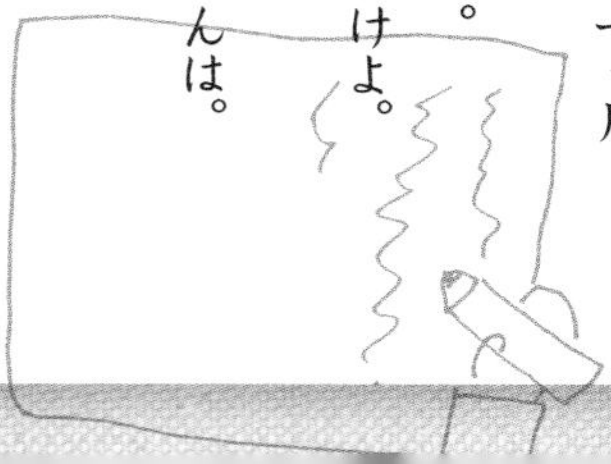

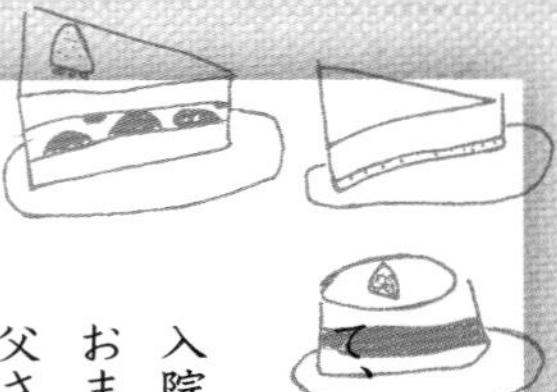

て、
机もそのままに、数日休むことになったのだが……。

入院し、いろんな検査をすることになった。

おまえは、七万七千人に一人しか生まれない病気を持った子だった。

父さんも母さんもかぜさえひかないくらい健康なのに……。

この先、どの程度になるか……。医師は言葉をにごした。

母さんはショックで歩けなくなった。

そこらじゅうでゲェゲェ吐いた。

その日、いったん家に帰らされた父さんと母さんは、ワインを飲んだ。

これから病気と闘う私たち親子に乾杯！

愛しい長男さんに乾杯！

重い病気を持ちながら、それでも父さん母さんに会いたくて生まれてきたおまえを、いままで以上に愛しく思った。

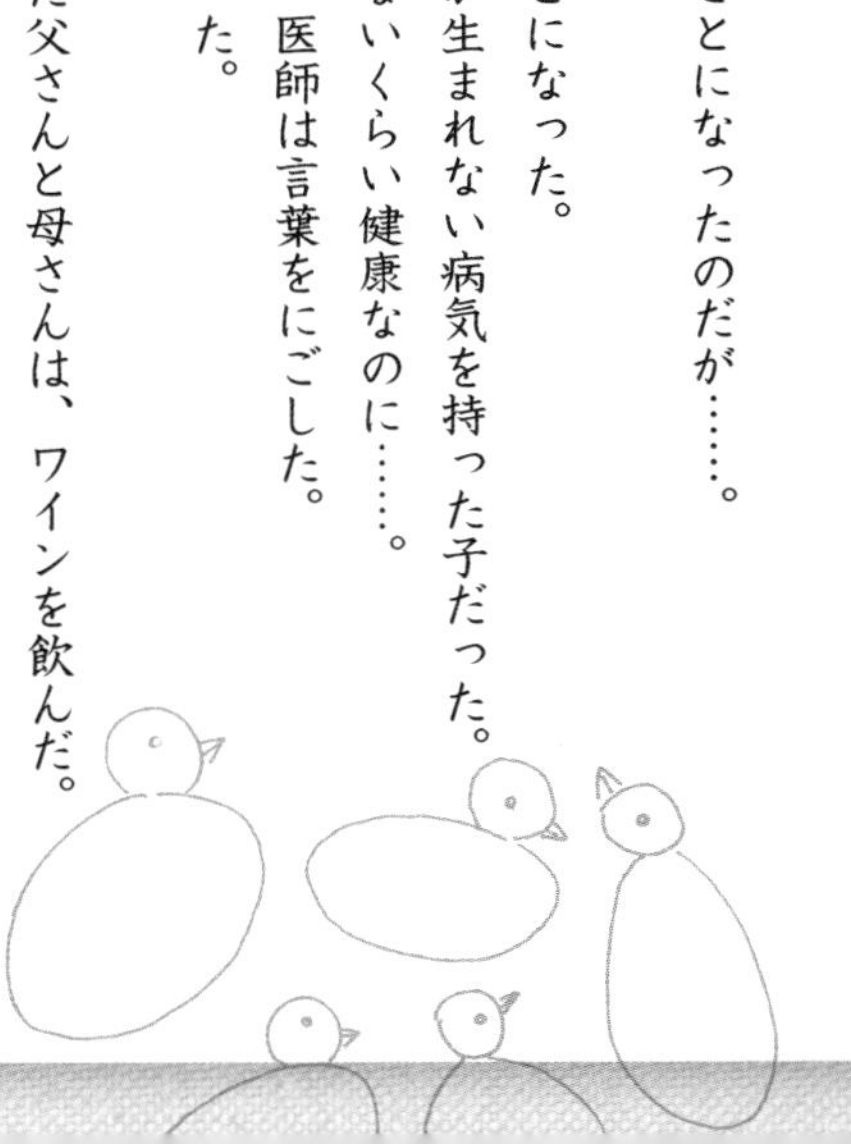

父さんと母さんは絵が好きだ。描くほうではなく、観るほうだけど。

でも、案外洋平は、ステキな絵を描くかもしれないね。

山下清、棟方志功、最近はもっとたくさんの人が、ハンディをおして絵を描いている。

そんな父さんと母さんの夢は、眼科医の言葉でくずれていった……。

「見えてませんね」

視神経が弱いのだそうだ。

でも洋平、見えなければさわればいいんだよ。

動物も植物も地面も水も。父さんと母さんの顔も。

コンサートに行こう。母さんが急に目をかがやかせて言った。

いっぱいいいっぱいコンサートに連れて行って、胸の中、いい音楽でいっぱいにしてやろうよ。

だけど、今度は耳鼻科医の言葉。

「聞こえてませんね」

こうしておまえは、人間の機能を一つずつ打ち消されていった。

愛らしい姿。キラキラした見えるような瞳。

バラ色のホッペ。大きな手足。だのに……。

そんなとき、ふと考えた。

この世の中で、超能力者なる存在が身近にあったなら、きっと奇異に見えるよう、世界中の人が盲人ならば目の見える人は奇異だろうなって。

世の中、能力の多い人が、〝普通の人〟の地位を得るのではなく、ようするに多数決なんだなってこと。少数派が悪いわけじゃあない。

どんどん難しい話になってしまってごめんよ。……と言っても、どんなに簡単に書いたって、おまえにはまだわからないね。

いいんだ、この手紙、父さんが読んでやるから。

おまえがわからなくても読んでやるから。

これが父さんからおまえへの一歳のバースデープレゼントだ。
一年をふりかえり、また新たな一年に踏み出す儀式だ。
一年たって、だいぶ成長したよな。
耳がよくなった。目だって、見えてる気がする。
何より心がずっと成長した。
何も持たずに生まれてきたと思ったのに、
とびきりステキな心を持っていた。
真っ白なシミ一つない心が、一年で、あまえの色、不快の色、楽しい
色、いろんな色に染められた。
体はもちろんでっかくなった。
生まれたてのころ、この子はラグビー選手にすればいいなぁって言って

いたっけ。いまでもそんな体してる。だけどだれもそんなこと言わない。
歩くことさえ無理……ううん、洋平。
おまえは走るんだ。
何年かかってもいい。何十年かかってもいい。走るんだ。
どんなに遅くたっていい。世界中で一番ビリってことはけっしてない。
父さんが必ずおまえのうしろを走ってやる。父さんがビリになってやる。
どんなことでも挑戦しよう。
必ず、父さんがうしろにいてやる。
父親ってものは子どものお手本として、前へ前へと進んで行くものだと
聞いたことがある。
だけど、一人くらいこんな父親がいたっていいだろ。
父さんはうしろにいる。
疲れたら、よっかかっていい。ゆっくりゆっくり進んで行こう。

洋平。おまえの名前、父さんが考えたんだ。

おまえが生まれるちょうど一ヵ月前、ベルリンの壁がなくなった。だから、〝平和〟と言う意味をこめた名前にしたかった。

そして、〝洋〟は海という意味。海のように広い広い人間になってほしかったから。

海のように大きい夢、持ってみようよ。

いつかは歩ける。いつかは走れる。

夢を持ち続ける限り、可能性は消えることがない。

洋平。がんばろうな。

それから、洋平。ありがとう。

父さんと母さんの子どもとして生まれてきてくれて、本当にありがとう。

そして、ハッピーバースデー。

一九九〇年十二月九日　佐々木博之

障害児3兄弟と
父さんと母さんの　幸せな20年

佐々木志穂美

角川文庫
18403

はじめに

佐々木博之

「父さんから　洋平への手紙」は、一歳の誕生日に、私が長男・洋平に書いたものです。この手紙は、いろいろな意味での「スタートだった」と妻は言います。

平成元年十二月九日、長男・洋平は生まれました。ときどき痙攣をおこしていたのに、その動きがあまりに小さかったため、そうとは気づかず、二ヵ月がすぎました。ようやく洋平の異常に気づかされた私たちは、洋平が最重度の障害児であることを知りました。ショックを感じなかったと言えば嘘になります。ただ、最初の嵐のような心の揺れを乗り越えると、あとは普通の日常が待っていました。仕事から帰れば、洋平がかわいらしく待っている。それで十分じゃないかと思いました。

妻のほうは、私どころではない心の揺れを感じていたようです。友人たちの子どもとの差に苦しみ、先の見えない未来に不安を感じていました。

やがて、洋平の療育を考えはじめると、案外似たような仲間がたくさんいることを知りました。脳の状況だけで判断するなら、本に書いてあった確率は七万七千分の一だったのですが、体の状況が似た人は、もっと高率でいらっしゃると思います。ただ、似た障害の仲間のなかでも洋平は最重度でした。

障害も深刻でしたが、洋平の体の弱さはもっと心配でした。洋平の健康管理と洋平の弟たちの育児の両立に限界を感じ、リハビリセンター内にある重度心身障害者施設への入所に踏み切りました。

洋平と一歳四ヵ月違いの次男・大（ダイ）が、言葉や社会性に遅れを見せたとき、私たちは最初、育て方のせいだと思いました。洋平に手がかかり、乳児期のダイを抱っこしてやることも、満足にできない日々でしたので。

でも、それは育て方のせいではなく、先天性の障害のせいでした。高機能自閉症だったのです。

自閉症のことを、ときどき、「ひきこもり」と混同されたりしますが、そうではありません。自閉症は先天性の障害で、社会性やコミュニケーション能力に遅れがあり、こだわり行動が見られたりします。感覚もほかの人とは違うことがあります。一人ずつ、その症例は違っています。知能の幅もずいぶんあり、かなり高い知能を持っている人もいます。知的な遅れのない、もしくは遅れの小さい自閉症のことを、高機能自閉症というのです。

ダイは、保育所でもずいぶん目立つ存在でした。みなさんにあたたかく成長させていただき、小学校中学校は普通の学校の普通学級ですごしました。もちろんさまざまな事件満載です。

高校は、迷った末、公立ではなく、納得のいった私立へ進学しました。本人の希望で、普通科の進学コースです。もちろんエピソード満載です。

大学進学か就職か、ここでもずいぶん悩みましたが、障害について理解ある企業への就職をすることにしました。

ダイと三つ違いの三男・航（わたる）は、最初ずいぶん手のかからない子でした。航は障害がなさそうだと、妻はほっとした様子でした。

しかし、航はダイより深刻だったのです。自閉症の特徴があらわれる時期が少し遅かっただけで、重度の自閉症児でした。知的な遅れもともなっていました。

自閉症児には、生活において配慮が必要です。航は、特別支援学級を選択しました。マンツーマンで先生がついてくださっていました。家庭でも手をかけていたつもりでしたが、配慮の方法をもっと工夫しなくてはいけなかったようです。私たちに知識がたりなかったのです。石を食べるなど、問題行動の多い航でしたが、小学校時代には、自傷他害といった強度行動障害という状況になってしまいました。

幸い、経験豊かであたたかな医師・専門家との出会い、学校・放課後児童会（学童保育）が深く理解してくださり、家庭との足並みをそろえての配慮で、みるみる落ち着きました。いまは毎日元気にニコニコすごす「明るい自閉症児」です。

そのときどきで、苦しみもたくさんありました。いまもたいへんな毎日ではあります。本当なら子どもの手が離れる時期なのに、私より身長の高い息子と手をつないで走り回ったり、加齢を感じる肩や腰にビクビクしながら寝たきり息子を抱き上げたりしなくてはいけません。それでも、この人生だったからこそ経験できたこともたくさんあります。楽しんでいるのも確かです。

この本は妻の目から見た二十年間のわが家です。筋道たてて話すことが苦手な妻が書くので、話はあっちにいったりこっちにいったりわかりにくいと思いますが、読んでやってください。

目次

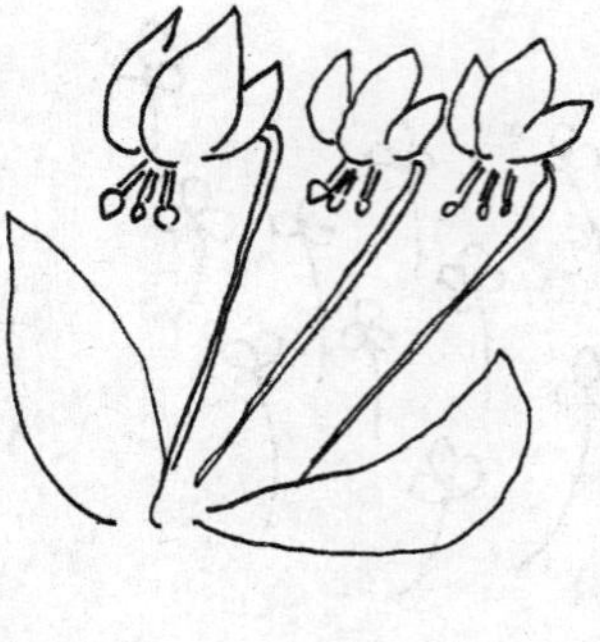

イラスト　佐々木大
ブックデザイン　須田杏菜

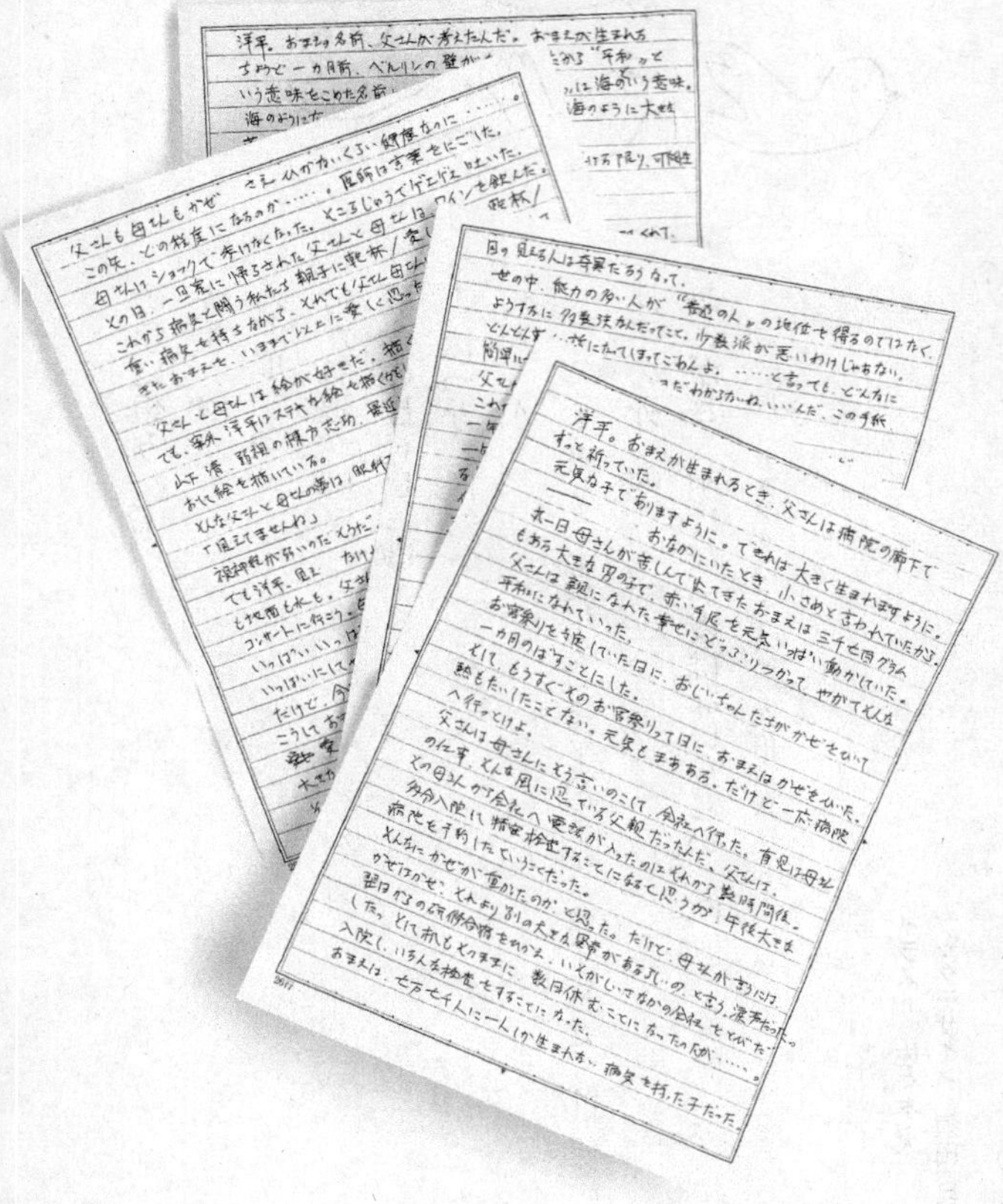
洋平。おまえが生まれるとき、父さんは病院の廊下で
ずっと祈っていた。
元気な子でありますように。
おまえは、七万七千人に一人しか生まれない、病気を持った子だった。

父さんの手紙

結婚前、父さんは、「アナタと同じように、ボクも書くことは好きなんだ。いまは無理だけど、定年後にでも何か書くなら、竹木博（たけきはく）というペンネームにするつもり」と言っていた（出身地の竹原（たけはら）と名前をミックスして作ったらしい）。

ちょっとは期待したけど、ラブレターなんてものは書いてもくれない。年賀状すらろくに出さないらしい。父さんが書いた文章をはじめて見たのは、洋平一歳の誕生日だった。何もわからない洋平に手紙を書いている。しかも、

「……汚い字……」

まだパソコンが一般的ではなかったときだ。手書きのその手紙は、小さな虫がたくさん踊っているかのようだった。

おまけに便箋（びんせん）ではなく、事務用箋。

だけど、その読みにくい四枚の手紙は、我が家の原点となった。

洋平が産まれて、私は初めて「お母さん」になった。しかも、普通の赤ちゃんだって育てたことないのに、いきなり「障害児のお母さん」になってしまったわけで、右も左もわからない度合いが半端ではなかった。

真っ暗な道を泣きながら走るような長い一年だった気がする。

それなのに、書いてみれば、たった四枚なんだな、と、おかしくて、振り返れば、たいへんなだけではなかったし、まちがいなく、不幸ではなかった。

洋平が一年分成長したように、私も、「障害児の」いや「洋平のお母さん」として、一年分成長していた。

父さんの手紙を雑誌のコンクールに応募したら、賞をいただき、結果、雑誌とハードカバーの本にこの手紙がのった。たくさんの人が読んでくださった。

自分が送っておきながら、そのことは私をほんの少し緊張させたが、父さんは何もかわらなかった。

「感動しました」と人に声をかけられても、今以上の父親になろうと思ってはいないようだったし、今の自分に自信満々になるわけでもなかった。静かに丁寧に洋平の父親をやっていた。

二歳の誕生日も三歳の誕生日も、父さんはもう手紙を書かなかった。書く必要がなかったのだろう。想いが変わってないのだから。

ダイにも航にも書かなかった。これも、書く必要がなかったのだろう。想いが一緒なのだから。

必ず、後ろを走ってやる。

産まれてきてくれてありがとう。

その二点を胸に、のんびりまっすぐ歩く父さん。

走ったり、転んだり、右行ったり、左行ったり、ばたばた進んで行く私。

例えば、あと四、五人、障害児を産んだとしても、父さんは、なんにもかわらないのだろう。私を含めて全員の後ろを、走ってくれるのだろう。

洋平の誕生日のたびに、読み返す手紙。

「ところで、父さんって、ダイや航、私には手紙書いてくれたことないよね」

「何言いよるんや。おまえには、毎日、書いとるじゃないか」

父さんは、水戸黄門の印籠(いんろう)のごとく、携帯電話を私にむけた。

「○時○分の電車で帰る」というメール。

「それは書いてないし。うっているんだし。手紙じゃないし。私のためにうっているんじゃないし。父さんの帰りをひたすら待つ航のためにうっているんだし。しかも、本文じゃなくて、タイトルにいれているし」

「でもな、ほら、毎回、ハートマークとニコニコマークつけているし。おまえからの返信は、『はい』だけか、『牛乳買ってかえれ』とかだし」

重度障害を持って産まれて来た長男の一歳の誕生日をちょっぴりせつなく祝っていた夫婦も、年月がたてばこんなもの。

それでも私たちの胸のなかには、あの時と、同じ鮮明さで、あの手紙が存在している。と、思う。

ファーストシューズ

産婦人科医も、一ヵ月健診をした小児科医も、新米父母の私たちもずいぶんうっかりしていたもので、長男・洋平の障害がわかったのは生後二ヵ月もたってからだ。かぜをひいたと小児科に行き、そこでちょうど目や足をぴくぴくと動かしたので、

「これをいつもするんですけど」

と言うと、

「こりゃ痙攣（けいれん）発作だ、すぐ総合病院へ行きなさい」

という大騒ぎのすえ、障害がわかった。左脳に大きなダメージのある重度心身障害だった。

総合病院で出産していたら、たぶん退院までに障害に気づいてもらえただろう。真実を何も知らなかった二ヵ月間がまぬけでみじめで、洋平に申しわけなかった。

と言うと、出産後すぐに赤ちゃんの障害がわかった人は、

「でもね、産後すぐショックを受けるのはけっこう体にもダメージだったし、出産後のおめでたいムードを味わえなかったのはつらかったよ」

と言う。

たしかに洋平が元気な赤ちゃんと思っていたから、里帰り中、ほんわか、のんびりとした時間をすごせた。友人たちはおもちゃやベビー服をいっぱい持ってきてくれた。きらきらした日々だった。

洋平にいただいたおもちゃで遊ぶ日は来なかったけれど、弟たちがそれで遊んだ。とうとうだれも使うことなく、ラッピングされたままなのは、一足の靴だ。

それは父がうれしそうな顔をして買ってきたものだ。

「みんな、服ばかり買っているが、まだだれも靴を思いついてないだろう。黄色いチェックのシャツに黒いパンツにこの黒い靴。おしゃれだろう」

叔母(おば)が、

「お兄ちゃん、十二センチじゃ小さいわよ。洋平は大きいから歩くときは十三センチだわよ。それにファーストシューズはやわらかいのがいいわ。これはいいブランドのだけどデザイン重視で歩きにくいわよ。それにシャツのサイズは百なのに、パンツは

八十買っているわよ」

と、笑う。父は、

「いいんじゃ。これでいいんじゃ」

と、小さな黒い靴を大事そうになでた。この靴を絶対ファーストシューズにしよう、
そう思った。

洋平の障害がわかって、母は、
「なかなか歩けなかった子がはじめて歩いて、家族みんなが泣くドキュメンタリーを
見たことあるよ。洋平もああいうふうにいつかは歩くんよね、きっと」
と言っていたけど、みんなが夢見たその日は来ないままだ。
洋平より一歳半弟のダイは一歳になる前にあっさりと歩いた。
そのとき、心のなかにずっと張っていたものがパリンって壊れた、いい意味で。
歩けようが歩けまいがかわいさに差はない。歩けないのが悪いわけではない。世の
中から段差がなくなれば、歩けないことは障害ではなくなる。……そういうことが、
理屈ではなく、実感として飲み込めるようになった。

洋平が小学生のとき、養護学校（現・特別支援学校）の先生たちと大きなデパートに買い物に行くというので、私も行ってみたかったからついて行った。

子ども靴売り場に行くと店員さんが、

「これがたいへん履き心地がいいんですよ」

とやわらかな運動靴を選んでくださった。首さえすわってない洋平だ。支えても一瞬でも立てない。靴なんて必要ない。洋平もないほうが楽だ。でも、その靴を買った。靴下のままの足より、うんと素敵になった。歩くためのものを身につけて、歩けないさびしさが癒えるのが、不思議だ。

それから何回も履いたその靴は洋平にとって本当の意味のファーストシューズだ。

先日、下駄箱の上の物入れを整理していたら、もらったときのように赤いリボンを結びなおした袋に入った小さな黒い靴がでてきた。父にもらった靴だ。弟たちは洋平よりさらに大きくて、歩きはじめたときには十二センチのその靴は小さかった。それに、最初からこの靴は二人には履かせる気はなかった。おもちゃも、着脱の難しい服も、洋平を通り越して二人のものになったけれど、この靴だけは洋平だけのものにしたかった。

小さな黒い靴を見ていると、「歩く」日を夢見た遠い日が急に蘇った。

叫んでみた。

「歩けんのがなんぼのもんじゃい」

私はときどき下品になる。

むすこの誕生が嬉しくて、
父さんが会社帰りに担いで帰った、
こいのぼりのぬいぐるみ。

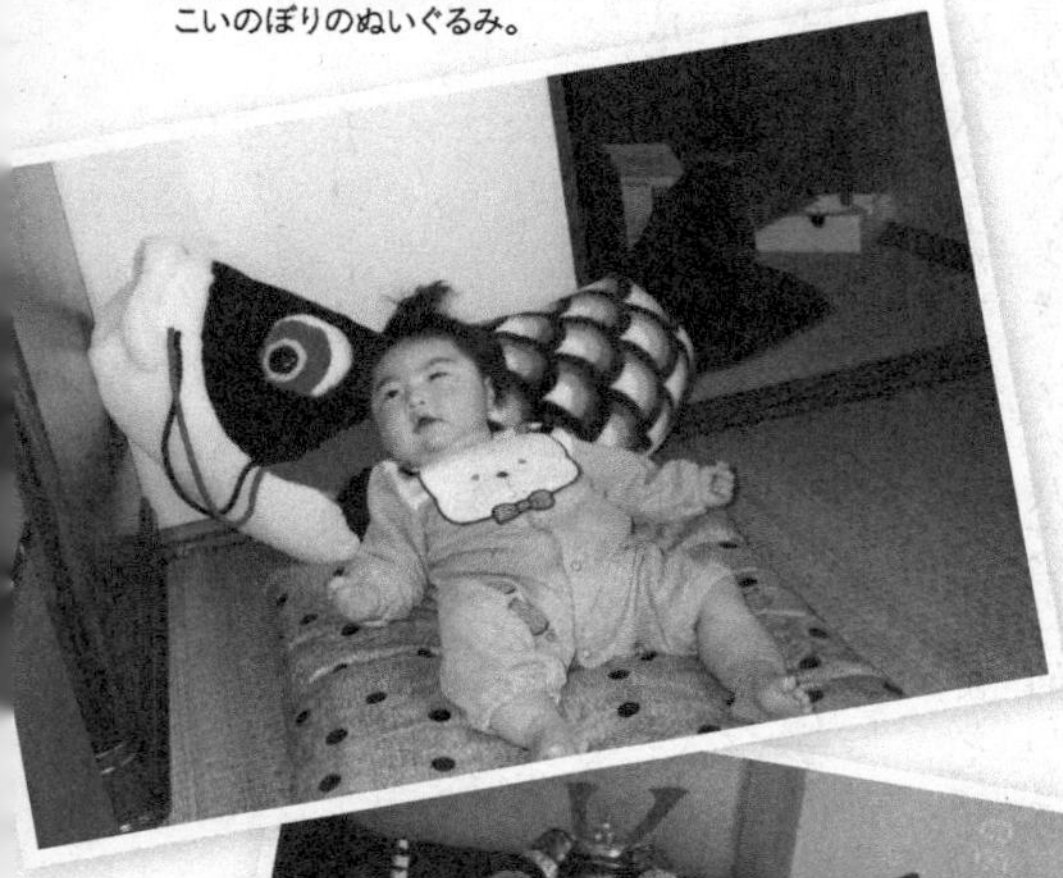

チューリップ畑

平成元年十二月に洋平が生まれて、その二ヵ月後、私は「障害児の親」に決定した。しかもちょっとやそっとじゃないハイパー重度の障害児の母。普通の子育てとあまりにかけ離れた日々を送る私の心の深いところに、

「ホントウだったら」

という八文字がずっと潜んでいたような気がする。

洋平が小さいとき、その八文字は何回も浮かんできた。友人の子どもが寝返りした、おすわりした、ハイハイした、歩いた、しゃべった。……洋平はどれもできない。

「ホントウだったら、いまごろ一緒に公園に行っていたかなあ」

繰り返し、障害がない洋平の姿を思い浮かべた。

ほかのことが考えられないほどその八文字が大きくなったのは、すぐ近くの小学校

で行われる就学前健診の日だった。

何人もの母子が手をつないで小学校に入っていく様子を見て、泣いた。障害を持たずに生まれた洋平と手をつないで健診に行く様子を想像してみた。服も、交わす会話も想像できる。ただ、洋平の顔だけが、見えない。私が浮かべることができる洋平の顔は、重い障害を負いながら懸命に生きている洋平だけなのだ。

障害児の親になって、いろんな本やテレビ番組に支えられてきたような気がする。ある外国の実話を元にしたテレビドラマのなかで、ダウン症児の母が必死に子育てして、子どもをとても能力高く成長させていた。でもその母は後に言う。

「友人たちの乗った飛行機はイタリアに着き、私だけオランダに着いたようなものだった。私はみんなと同じことを望み、いま、みんなはイタリアで何をしているだろうかということばかり考えていた。目の前に広がるすばらしいチューリップ畑も風車も、見えてなかった」

それを聞いたとき、ああ、同じだ、と思った。私もオランダにいる。そして、イタリアばかり想像している。だめだ。私は美しいチューリップ畑を見るんだ。

洋平は、友人の子どもたちとはぜんぜん違う学校生活を送った。小学部、中学部生活を楽しくすごし、その卒業が近づいてくると、友人たちが心配してくれた。

「洋平くん、中学卒業したらどうするの?」

心配ご無用。特別支援学校には高等部もあるのだ。

特別支援学校でも、高校進学に際して面接がある。小学部から通い、その建物の二階に進学するだけの洋平でも、である。

「洋ちゃん、熱、出さんのよ。大切な日じゃけえね」

看護師さんたちがプレッシャーをかけたので、プレッシャーに強い洋平は元気にその日を迎えた。いやな予感がした。洋平の目がらんらんと輝いている。期待しまくっている目だ。これまで、プレッシャーをかけられた場合、たいてい旅行とか遠足とかが待っていた。今回のは、期待するほどのもんではありまへん。

洋平はしゃべれないし、動けないので、母子一緒に面接室に入る。面接がはじまり、少しして、洋平がはっとしたように顔を動かした。

「おいおいおい……。もしかしてこれかよ。期待させた今日のイベントは」

と、思っているらしい。いまごろ気づいたか……。

がっくりと、そしてかすかに怒っている洋平がおかしくて、笑いながら座位保持装置を押して生徒控え室に帰ると、クラスメートの女の子が泣いていた。

「どうしたの？」

「面接、ちゃんとできたかなあ。不合格だったらどうしよう」

吹き出しそうだった。不合格って……ありえんでしょ。なんてかわいいんだろう。なんて本気で物事にぶつかっていくんだろう。

そこへ中学部担任が入ってきて、

「ありゃ、どうしたん。なに泣きよるんね」

と本気で驚く顔がまたおかしくて、笑いが止まらなくなった。ガラス越しに入ってくる日ざしがあたたかな日だった。

高校受験。人と人が争い、優劣をつけるこの時期に、この日だまりに居ることのできた人生に感謝しよう。私もオランダをだいぶ楽しめるようになったよね、と自分で自分をほめた。

ベランダのプランターのチューリップの芽がそっと光っていた。

運命

私はけっこう痛みに弱いほうで、長い長い陣痛にかなりまいった。それなのに、洋平出産後、すぐに妊娠したときは、降りたばかりのジェットコースターにまた乗った気分だった。ジェットコースターは好きではない。カタタンカタタンと頂上に向かって少しずつ登っていき、一気に降りるその瞬間に近づいていく。怖くても途中で降りるわけにはいかない。出産の痛みも、怖くても逃げるわけにはいかない。ゆっくりその瞬間を待たねばならない。ジェットコースターと違うのは、怖さと同時進行に、幸せもふくらんでいくことだ。

ダイも航も四月生まれ。おなかが大きくなっていくのと同じように近所の生け垣のツツジのつぼみもふくらんでいった。

じっと見ていると、つぼみが開く瞬間を見られるときがある。ツツジは痛くないのだろうか。でも、ツツジは大仕事をした疲れも見せず、咲いたうれしさに輝いている。物言えぬ者たちは、私たちより強かったりする。

ダイが生まれたのは真夜中だった。私のおなかを内側から元気よくけっていた足は、新しい世界を思い切りけっていた。

航が生まれたのも真夜中。やっとダイを寝かしつけた父さんが病院にかけつけたちょうどそのとき、しんとした廊下に、わが家ラストのメンバーの産声が響いたという。どの子のときも、おなかのなかにいた子が、いま目の前にいることが不思議でたまらなかった。それでいて一年前にはまるきり存在しなかったことが信じられない。ずっと昔から家族だったような気がする。産んだから、おなかをいためたから、血のつながりがあるから……そんな理由じゃない。ただ、そのぬくもりを感じたときから、この子たちは家族だった。

そして、その小さな熱い体を抱きしめるごとに親になっていった。

「子どもは親を選んで生まれてくるのよ」

とか、

「佐々木さんだから障害児三人の親に選ばれたのよ」

とか言われることがある。私をなぐさめたり、はげましたりするためだと思う。

そんなこたあない。私ほど未熟な人間はいない。

行動の数秒の差で、生き死にの運命が分かれることがあるように、命の誕生もまた運命的だと思う。とてつもない倍率の偶然を経て、誕生はある。

私が障害児の親になったのは、偶然という名の運命なんだろう。

この五人が家族だよと決めてくれた運命に感謝して、ていねいに生きていきたい。

運命に似合った自分になりたい。


……ときどき、私、まともなことを言うでしょ？

恩返し

妊娠中、やたらと道路を横断中の亀に出会った。あっちからこっちに渡ったって似たような田んぼと川なのに、渡らんでいいやないかと思うのだけど、どうしても渡りたいらしい。いくら甲羅があっても車に轢かれりゃ死ぬでしょうが。ちっ。しかたないな。車から降りる。けっこうな交通量のなか、私をはねないようにアピールしつつ、道路の真ん中で亀、確保。行きたがっていたほうに放してやる。

「おなかに大事な命が入っているのに、命がけでおまえの命救ったんだぞ。恩返し、忘れるなよ」

念を押しておいた。

車で待つ父さんを、

「妊婦を危険な目にあわせて」

とせめると、

「わしが行こうとしたら、おまえが飛び出していくから」

「助けちゃれって言ったの父さんじゃん」

「わし、亀のために死ねんもん」

「はあ？　まあいいわ。亀は私にだけ恩返ししてくれるかもよ」

「亀ってろくな恩返ししないけどな。助けてくれた浦島太郎をじいさんにしたり」

……げ。

それから、鏡の中の私にしわが一本ふえるごとに、亀のせいじゃないかと疑う。そもそも妊婦の私が亀を助けたのだ。生まれてくる子どもを文武両道、眉目秀麗、金運ウハウハにしてくれてもいいようなものなのに。さすがは亀だ。気がきかない。

小学生時代のダイに広島大学で教育相談を担当してくださったお姉ちゃんと、呉のピザ屋でランチしたことがある。外に茂っている朝顔のつるが窓に挟まれ、先だけがちょろりんと室内に入っていた。

「ダイ。窓開けて朝顔の先っぽ、外に出してあげて。恩返ししてくれるかもしれないよ」

まだ恩返しを期待する私である。

「お母さん、うまいっ。ツルの恩返し」

お姉ちゃんに言われるまで、言ったダジャレに気がつかない私である。

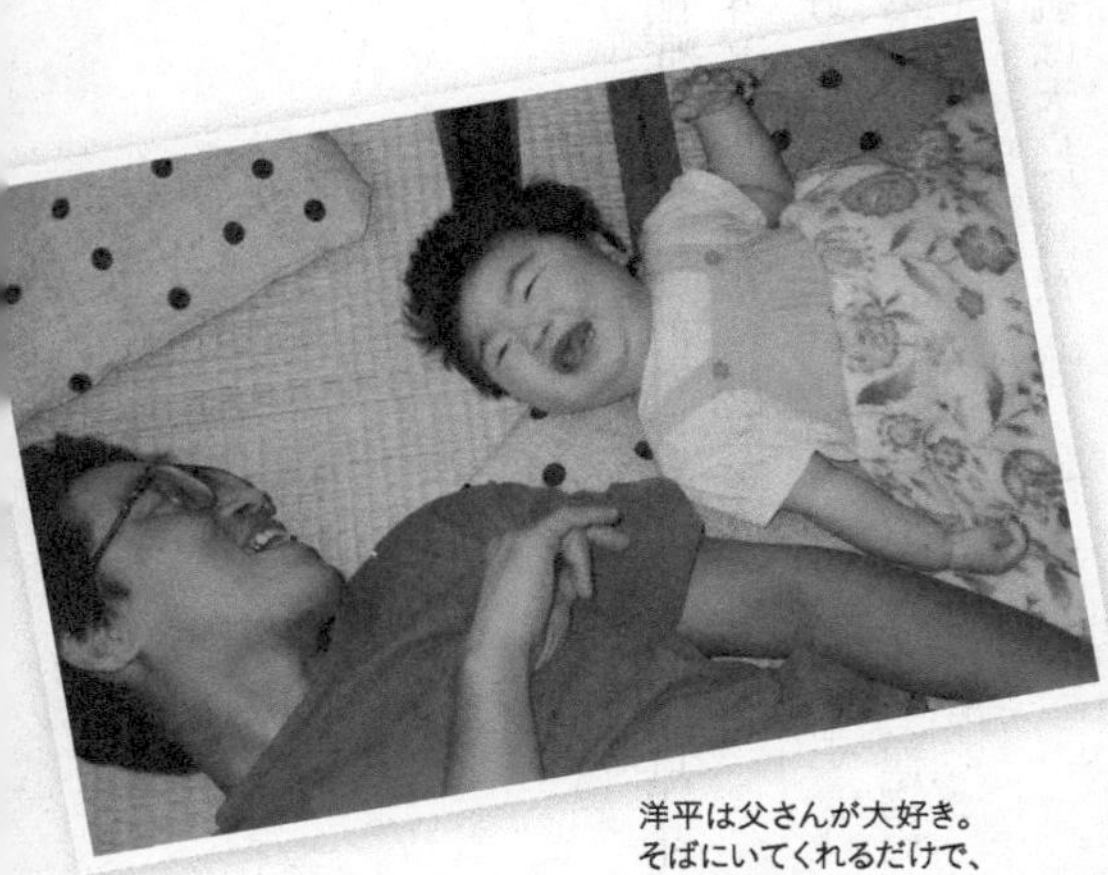

洋平は父さんが大好き。
そばにいてくれるだけで、
ニコニコでした。

「困った子」

長男が重度心身障害、次男が高機能自閉症、三男は知的な遅れもともなう自閉症。こんな普通でない三兄弟でも、性格は案外セオリー通りの特性を持っている。

洋平は長男気質でとことん優しい。動けない、しゃべれない。どうして優しいとわかるんだと言われても困るが、一緒に居ると日だまりにいる気持ちになる。植物に包み込まれている心地になる。

ダイは愛情の受け方が不器用。一方、航は天真爛漫だ。

自閉症というのは、発達障害の一種で、特定のこだわりがあったり、社会性やコミュニケーション能力が弱かったりする。普通の人とは感覚が違ったりもする。知的な遅れのほとんどない自閉症を高機能自閉症という。

ダイは幼いとき、人見知りはなかったし、親の後追いもなかった。だが、どこまでも走って行こうとしたし、迷子になっても泣くことはなかった。うっかり否定語・禁止語を言うとたいへんなことになる。伝えたいことを肯定文におきかえて話してやるといいのだ。これがけっこう頭を使うので、とっさにでてこない。

「ジュース（買って）」

「いまだめよ」

あ。しまった。言ってしまった（「あと一時間たったら買おうね」が正解）。と、口を押さえたときには、シェ――ッ、みたいな叫び声とともにそのへんにある川に飛び込んでいた。

発達障害の子どもに見られやすい特徴だ。もちろん、発達障害児も一人一人違う。特徴も一人ずつ違うのだが。

航は幼いとき、それらの特徴がほとんどなかった。軽い知的な遅れかな、と思っていたけど、自閉症デビューが遅かっただけだった。保育所時代、見慣れない人が来ると棚の上にあがってしまうとか、石を食ってしまうということが若干あったけど、まだまだ本格的ではなかった。小学校で花開いた。

何をしでかすかわからない。一分も目が離せない。レントゲンをとれば、おなかに石が千個ばかりある。石はどうも、のどごしがいいらしい。味がいいのは乾いた苔(こけ)らしい。

四年生にあがると強度行動障害と呼ばれる状況になった。異食は落ち着きつつあったが、自傷がはじまった。額から血がでるほど自分でぶつける。駐車中のよその車のフロントガラスにも頭をぶつけにいく。あ。航。その車、人が乗っているし、外車だし、やめてよね。とか、言っている場合ではなく、速い速い。頭突きを終えると学校に突進する。たまたま校門が閉まっていたりなんかしたら、ひらりと飛び越える。母はもたもたと追いかける。水飲み場の三角柱のコンクリートの角部分に額をぶつけようとするので、必死に手でカバーしてやると私の手が痛い。ヒャ――と悲鳴をあげている間に下足室で待つ担任に突進していっていた。

他害もはじまっていた。担任の腕にも私と同じようにあざができていた。ぼんやり椅子に座っていたりなんかしたら、頭突きをくらって、椅子ごとふっとぶ。

学校帰り、いきなり頭突きをくらってうずくまっていたら、頭やおなかをけり、奇声をあげながら走りはじめた。どんなに痛くても追わなくてはいけない。追いつくと、私の腕を思い切りかんだ。腕はペーパークロマトグラフィのごとく、赤から紫、青へと見事なグラデーションになった。きれい……。

いつも私にくっついていた、甘ちゃんの航がどうしてこうなってしまったんだろう。その頃の私は自分のつらさと周りへの申しわけなさで頭がいっぱいで、航はもっと苦しいであろうことなど、思いやってもみなかった。

つらかった。航が怖かった。でも、あの時期があってよかった。信頼できる精神科医（自閉症児の療育は小児精神科の力も必要）や相談者に巡り合った。自閉症の勉強をした。航が生活しやすい工夫をしてやらないといけないことを知った。

自傷も他害もなくなった。笑顔が増えた。航は航に戻ってきた。

苦しいとき、その苦しみのもとは、もっと苦しんでいる。「困った子」は、その本人こそが「困っている子」。それに気づけるようになったあの日々は、大切な時間だったと、いまは思う。

かさ

広島インターチェンジのあたりは、私が小学生のころは、川と沼と原っぱだった。その原っぱを両親と弟と散歩したことがあった。ハルジオンの花がやたら咲いていて、まだ幼児だった弟と両手いっぱい花をつんだ。

「このままずうーっと年をとらないといいのに。家族みんな」

と母が言った。それは、いまがとっても幸せで言っているんだろうなとわかったけれど、私は「冗談じゃない」と思ったから、この母の言葉をよく覚えている。

年齢が止まるなんて絶対いやだ。私だって大人になってみたい。将来なりたいものはいっぱいある。結婚もしたいし、お母さんにだってなってみたい。私はどんな仕事をして、どんな人と恋をして、どんな子どもを産むんだろう。広がっている未来にただワクワクしていた。

天気も季節もあの日と違うのに、航を小学校に送っていく道で、ふとそのときのことを思い出した。

航には、一人歩きをさせていない。小学校時代は、学校まであと百メートルくらいの直線まできて、

「いってらっしゃい」

と一人で行かせていた。あまがえるのような鮮やかなグリーンのレインコート姿と、青空を切り取ってきたようなかさ。

ゆっくりとした航の成長はいろんなことを教えてくれる。かさを持って歩くということは「かさを持つ」「歩く」という二つのことを同時にしていて、とても難しいことなのだということも航を見ていて気づいた。私たちもきっと幼いころ、難しかったのだろうに、その一瞬の感情は忘れ、自分の子どもには、

「早く歩きなさい」

などと急がせてしまう。

航は真っすぐかさをさせない時期が長かった。真っすぐさすと、今度は真っすぐ歩くということがどこかへ抜け落ちるようだった。私は航のかさが真っすぐになるよう

てっぺんを上からつまんでやりながら、一緒に歩いたものだった。腕はいつもびしゃびしゃになってしまったけれど、それはそれで楽しかった。

その航が小学生になると自信満々に一人でかさをさして歩けるようになった。ときおりくるくるまわす余裕すらある。それを見ているだけでウルウルきてしまう。

「航、もうすぐ中学生だね。もう、あまがえるレインコートも着られなくなるな。かさだって、真っ黒になるんだろうな。探せば大人の男物だっておしゃれなかさはあるだろうけど、高いだろうし、なくすだろうし、壊すだろうし。真っ黒な制服に、真っ黒なかさ。カラスだね。切り取った夜空だね。でもきっとそれもかっこいいね」

もうすぐ見られなくなるであろう青空のカケラをじっと見つめていると、三十年以上昔の母の言葉が聞こえたような気がしたのだ。

このままずうーっと年をとらないといいのに……。

「うん。わかる。ずっとこのままだといいのに」

胸のなかで昔の母にそう答えた。

制服

呉市の小学校には制服がない。中学校は、男の子はレトロな詰め襟だ。少しでも安い店を探す人もいるが、ダイのときは近所の商店街の制服屋さんで買った。ダイがズボン一本につき、十回は破くヤツだったので、安価で修理してもらえるのがありがたかった。

航も当然のようにここで買おうとして、採寸に行くと、店の前で固まってしまった。怖いらしい。

「怖くないよー。おいでー。お菓子もあるよ」

制服屋のおばちゃんが店の外まで出てくる。おばちゃん一歩近づく。航二歩逃げる。三歩近づく。五歩逃げる。やがて高速になった追いかけっこは国道に近づく。おいおいおい……。かけっこの苦手な私がどうにか航をつかまえ、採寸をあきらめる。おばちゃん、またにするわ……。

その夜、おばちゃんから電話。

「お宅に採寸に行ってあげたいんだけど、夕方はお客が多くて店をあけられないのよ。でね、昼間、学校に航くんの採寸に行っていいか校長先生にお願いして、許可もらったから」

翌日。学校での採寸。おばちゃんは、車で運んできた大量の制服や体操服の見本をたんぽぽ学級に運ぶ。お店には入れなくても、ここでなら、制服着られるだろうか。首まで苦しい詰め襟だぞ。はじめてのベルトもしなきゃいけないんだぞ。

おばちゃんが入っていくと、航は少し驚いた目をしたものの、案外素直に制服を着はじめた。

「うわー。かっこいいよ」

詰め襟のボタンを全部留め終えると、急に大人びた航がそこにいた。

着終えると、航が畳のスペースから走り出た。航が向かったのは、鏡の前だった。ロッカーについている姿見に自分の全身を映し、腕を少し上げ、ポーズをとっている。はじめてのお店が怖くて入れない航。気持ちをうまく言葉にできない航。でも、そんな航も中学の制服がうれしくてたまらないようだった。

「航。もうすぐ中学生だね」

いろいろな人の善意のなか、航の入学準備は整っていった。

弟・ダイが産まれました。
洋平と並んでお昼寝中。

卒業

小学校の朝礼や式は、多目的教室という講堂のような部屋で行われる。航はそこに入れない。つらいらしい。担任の先生が卒業式の一年以上前から、少しずつ入る訓練をしてくださっていたが、数分が限度と思われた。証書を受け取りにでるのがやっとの状況のまま、卒業式の当日を迎えた。

航の席は空いたまま。航が証書を受け取る順番ぎりぎりに入室する段取りだ。

「佐々木航」

名前が呼ばれた。航の入ってくる気配はない。

どうしても入りたがらないときはあきらめることになっている。壇上で校長先生は動きを止められた。六年生の先生も次の子の名前を呼ばない。式はフリーズした。来賓がざわめきはじめる。卒業生も在校生もぴくりともしない。証書を受け取る順番の

子の幼いころの写真がスクリーンに映し出されている。それを見た来賓たちも、次が航の番と知って、

「ああ、あの子か」

と納得したように次第に静まっていく。

在校生たちは、航がなかなか入らなかった場合の説明を受けていたわけではなかったそうだ。それでもだれもがただじっと待っている。普通ではないことがおこる航との日々を、当たり前として受け止める日常があった。

会場はしんと静まり返った。私の胸だけが大きな音をたてていた。みんなを待たせてしまっている申しわけなさより、航が参加できるかの不安のほうが大きかった。

もう、これで小学校最後なんだよ、航。

航が入ってきた。担任にちょっともたれるように入ってきて、壇上にあがり、証書を受け取った。一人ずつ将来への夢を語るのだが、航は、

「これでおわります。ササキワタル。おめでとう。ありがとう」

そう言うと会場から出て行った。

ハラハラ感と感動は同居しにくいらしい。私の胸はまだ大きな音をたてていて、感動の涙が出たのは、帰宅して、スーツを脱いでからだった。

航、卒業、おめでとう。

スロウ　スロウ

昨日と今日とで子どもたちにたいした変化はない。なのに、振り返ればずいぶん成長しているんだと気づかされる。

小学校入学前に受けた教育相談で、

「ダイくんは本当に普通学級で大丈夫ですかね」

と、相談にあたった先生は、小学校生活について具体的な内容を教えて下さったが、そのどれもがダイには難しい気がした。それでも、そのとき受けた能力テストのようなものの結果はよかったらしく、まあ、普通学級でやってみましょうということになった。

担任の先生にしてみたら、ダイへの感想は「ヒ――」だっただろう。暑ければ、冷たい床に寝ころんですごす。絵を描いていて、詳しい資料がほしいなと思ったら、いつのまにか教室をぬけだして図書室に行ってしまう。気が向けば校外にすら出て行こうとする。発達障害児への支援制度ができる前のことだ。支援員もいない。手のあいた先生が助けようにも、一学年一クラスの小さな学校。先生の数は少ない。

学校のそばを通りかかったとき、校長先生が麦わら帽に水着姿でプールに向かっていたから、楽しそうだなと思ったら、ダイの付き添いをするためだった。校長教頭みんなダイのために走りまわる。

運動会のピストル型のスターターの音がだめで、ダイのいた六年間、運動会は笛か電子音だった。

はじめてダイが数人での雑談らしき会話ができたのは、小一の下校時だった。放課後児童会（学童保育）は当時校外にあって、その道中を私が見守ることを学校は提案した。隠れて見守っていたのだが、同級生が気づいて、

「ダイくんのおばちゃーん」

と、ご親切に呼んでくれるものだから、一緒に歩くことも多かった。

パチンコ屋の前で、ボクのお父さんはパチンコに行くだの行かないだのの同級生たちの会話のなかに、

「ボクはパチンコ嫌いだ」

とダイがいきなり入ってきた。あ。雑談した。びっくりだった。だれかと共通の会話をすることがとことん難しい子だったのだ。

そのくらい、コミュニケーション能力も社会性も遅れていた子が、普通の高校の普通科進学コース・理数系で、数Ⅲまで勉強できるようになった。それなりに集団生活に入っている。不思議なような気がする。

ピストルの音も、中学になったら、耳栓をしてがんばれた。高校では、その耳栓すらいらないという。適当な競技に参加し、応援団として、パラパラもどきや、エグザイルもどきを踊っていた。

航は、もっとゆっくりの成長。小学校中学校ずっと情緒障害児学級で、マンツーマンですごしてきた。

苦手なものの多い子で、呉口腔(こうくう)保健センター（歯科）に車が向かっただけで、途中で飛び降り逃走する。どうにか中に入ったら、逃げないように自動ドアの電源は落としておく。体をネットで固定して治療。

それがいまでは、自分から座り、どんな治療でもネットなしで受ける。ずっと診てきてもらった歯科衛生士さんに、

「えらくなったよね。でかくなったよね」

と、ほめてもらう。

なぜか口腔センターの椅子の上でないと耳かきができなくて、歯の治療が終わったあと、少しの間、椅子を借りる。耳の穴が埋まるほどの耳垢（みみあか）を私の不器用な手がかき出すのを、みんな手助けしたくて、ウワーウワーと見守っていた。その航が、ある日突然、自宅で耳かきをさせてくれはじめた。それだけで、涙涙である。

いまは入れない場所、できないことも、いつかはきっとできるようになるんじゃないかな、って思えるようになってきた。

航は、学校の行事も苦手で、行事が近づくと不安定になった。無理しなくていいから、と言ってやるのだが、人が練習しているだけで、けっこうなストレスらしい。

小学校では同級生たちの助けで、運動会も連合音楽会の大舞台も参加できた。でも、中学になったら行事は高度化して航の力では参加が難しくなる。

それでも担任の先生の熱意やまわりの先生がたの助けもあって、少しずつ参加できるようになった。中三の運動会では、フォークダンスやリレーにも参加できた。その練習期間中、家で、

「あー。キンチョウするなー」

とひとりごとを言っていた。航に理解できている言葉ではない。丸覚えだ。きっと練習中、航の走る番が来る前、先生かまわりの同級生がもらした言葉なんだろう。意味も理解せず覚えて帰る言葉に、学校生活が見えるようで楽しかった。

のみの心臓だった私は、保育所時代、行事の前には眠れなくなった。小学校時代、行事の練習はほとんど見に行った。暑い中、運動会の練習を見すぎて、ミュールの親指のところがとけてしまったこともある。

いまは行事を笑って見ることができる。前のように心臓が壊れそうになったり、背中を冷たい汗が流れたりはしない。

スロウな成長。だけど確実な成長。

親もまた、子どもたちに負けないよう成長したみたいだ（心臓だけ）。

死というもの

はじめて「死」というものを自分と結びつけたのは、私が小学六年生の冬だった。放課後、四階の教室の窓からその年はじめての雪を見ていた。無数の白いかけらが空から落ちてきて、ずっと下の地面をめざしていた。だけど、地面は白くならない。地面に落ちると同時に解けているのだろう。その日の雪の命は、空から地面まで。私の手のひらに落ちた雪はそこで消えた。ほかの雪たちより十数メートル短かった命。

顔をあげ、当時は田んぼや畑の多かった窓からの景色を見やると、遠くの山は見えなくなるほど雪は強く降りはじめていた。雪の一つ一つと人の命が重なった。こんなにたくさんの雪もいつかは解ける。人の命もいつかは消える。永遠に生きる人はいない。私もこのひとかけらの雪と同じなんだと、命のはかなさが怖くてたまらなくなった。死にたくない。家族にも死んでもらいたくない。怖かった。

洋平が小五のとき、マンションを買った。設計変更できたので、和室に小さな床の間を作ってもらった。

「珍しいですね。最近は床の間をつぶして、収納を作ってくれとよく依頼があるんですが、その反対は滅多にありません」

業者が言った。

「いまはまだ仏壇がないのですが、置くときがきたら、すぐ置ける場所がいると思って。収納だったところに置きたくないでしょ。うち、じいちゃんが分家で、まだ仏壇ないんですよ」

言わなくてもいいことまで、この口は説明してしまう。

「普通、ご実家に置かれるんではないですか」

「うちの子がもし先に死んだら、まずはここに仏壇置きたいでしょ」

業者は怒ったように目線をそらした。

「わが子が死ぬときを想定する親なんか聞いたこともないっ」

私の目を見ないまま、そう言うと帰っていかれた。

洋平と同じ病棟の子が亡くなったとの連絡網が流れたとき、うちにかけてきた人も、私がかけた人も、

「次はうちの子ではないかと怖くって」

と、言われた。同じ不安を抱えている人がいることがうれしくて悲しかった。

いつも心のどこかで子どもの死を恐れている。恐れているから、つい死という言葉を日常のなかに混ぜようとする。冗談のように扱ってしまう。いま、生きていることのすごさを知っているから、死という言葉を笑顔で口にしようとしてしまう。

この想いを口でだれかに説明するのは難しい。

ダイが小さいときから参加している広島発達障害者親の会「明日葉（あしたば）」のメンバーが集まっていたときのこと。ある母が、

「私ね、死んだあとは白骨化してから発見されると思うのよ。うち、母一人子一人でしょ。うちの子、文字書くのが苦手だから、いろんな手続きの書類書くくらいなら、私が死んでもそのままそっとおいておくらしいの」

と言うと、うちもうちもとみんなが自分のパターンを想像して話し、それは数十年後本当にありうることなのに、大笑いになる。

生ある限り、懸命に生きることができさえすれば、自分の死後の姿なんてどうでもいい。
消えてゆく雪を見ておびえていた美少女（美は、いらん、美は）は、死さえ笑ってしまおうとするおばはんに成長していた。

ダイ６歳、航３歳の誕生日。
手作りの王冠がかっこいい。
パジャマ姿だけど……。

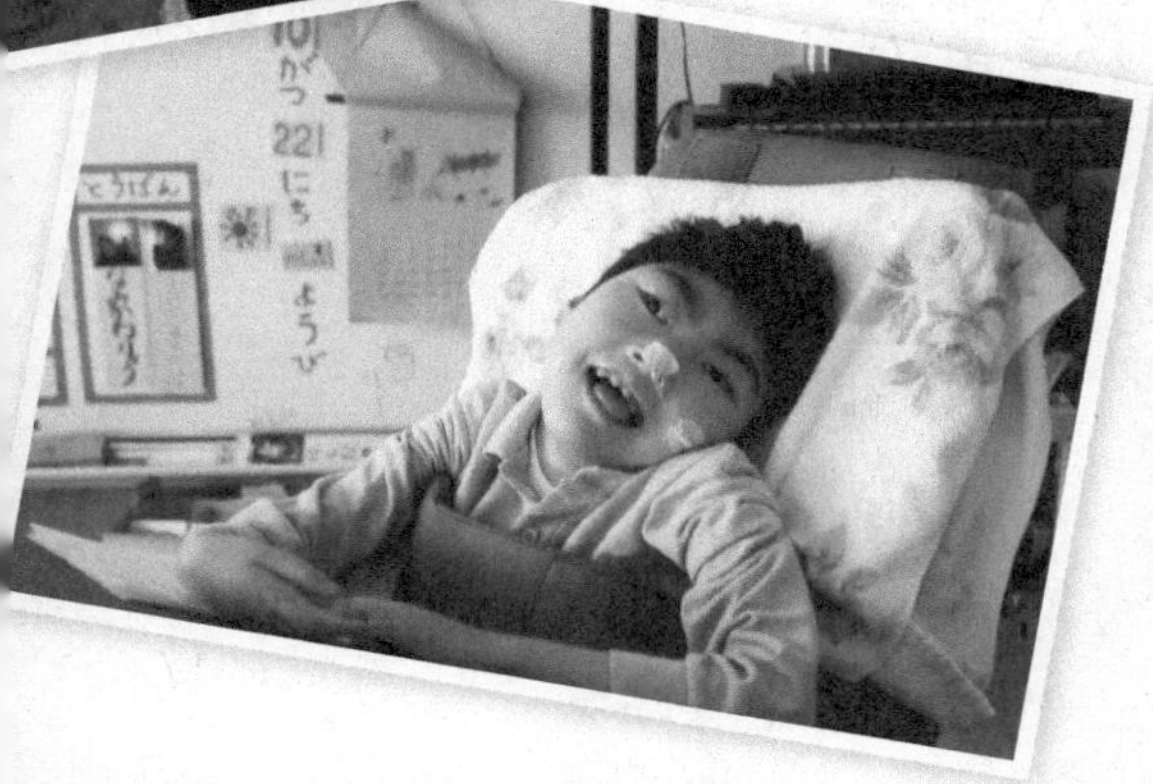

幸せなはずはない

某ラジオ局の福祉番組の取材を受けたことがある。まだ幼い女の子の母でもあるというその担当者は私に、「幸せだと感じはじめたきっかけ」を教えてくれと何度も食いついてきた。

「上司が言うんです。子どもが三人とも障害児で、幸せなはずはないって。障害がわかったときはショックだったわけでしょ。つらいことが幸せに変わるには、よほどの大きな出来事があったはずなんです。それを聞きたいんです」

……あのー……。そんなのないって。

どう説明してもわかってもらえない。

わが子が障害を持っていたショックから、大きな感動的な出来事一つで立ち直るなんて、そのほうが絶対不自然じゃないか。事件などない平凡な日々の積み重ねが、非凡な人生をていねいに包み込んでくれる。

ちゃんと手のひらにあるはずの幸せに気づけなかったり、忘れかけたりしたとき、私は小さな事件をたくさんもらってきた。たとえば、洋平の入院。生きているだけでどれだけ幸せか、健康であることがどれだけ奇跡か、深く思い知る。元気になりさえすれば、もうそれでいいじゃないかと思う。

日常の幸せにあらためて気づく。時間がなくてヒーヒー走りまわり、すごい勢いでごはんを作ったり、疲れて、食べながら眠ってしまいそうになったり、でも、目の前には必ず家族がいて、明日もきっと同じような一日があることがほとんど約束されていて……。それって、とてつもない幸せなんだよね。

私は障害児の親になれてよかった。

正確には、障害を持っていてもこの子たちがわが子でよかった。この子たちの親になれて楽しい。そのうえ、障害というものを通して、人が見ていない景色も見ている。この子たちとの日々が、私を私にしてくれた。

ただ、この子たちは、障害を持たずに生まれてきたかったろう。

「障害者」の「障害」は、まさにこの子たちの生きていく道にある物だ。普通の人間に合わせたこの世の中では、どんなに生きにくいことだろう。

最近、「障害者」を、「障がい者」と言い換えることがふえている。もともとは「障(しょう)碍(がい)者」と書く。「害」の文字が、本人に害があるようで不快だという。もちろん「障害」という文字は、決していい言葉とは思わない。だけど、私は「害」の字を見るたびに、この子たちの生きにくさを実感している。だから、あえて「がい」だけひらがなにしたりしない。そんな手間があったら、新しい単語にしてくれたらいいのにと思う。「痴呆(ちほう)症」のことを案外軽やかに「認知症」と変更できたように。

この子たちを障害なく産んでやりたかった。

でも、しょうがないじゃん。悩んで解決つかないことは悩まない。この子たちが自分に障害があっても「ま、いっか」って思えるようにしてやろう。障害があったからこそってものを一つでもたくさん見つけよう。そして、今日もうんとばかみたいに大口あけて笑おう。

明日もきっと幸せです。

ウグイス

不審者が出たり、事件がおこったりすると、その地域では、保護者が子どもの送迎をしないといけないというようなことが、近年全国でよくある。ニュースのなかで、保護者はうんざりした顔で、

「心配だけど、でも、毎日の送迎はたいへんなんです。仕事もあるんです」

と言う。その場面を見るたびに、

「私たちはずっと送迎してるよ。事件がなくても、仕事があっても、自分の体がぼろぼろでも、ずっとなんだよ」

って思う。

手のかかることがたいへんでも、この子に必要なことはしてやりたいと思う。手をかけてやりたくても我慢しないといけないときもある。どうしてこんなに面倒なんだ

ろうと腹が立ったり、かわいくてたまらなかったりする。もう見上げるほど大きくなったわが子なのに、いまだに抱きしめたくなるときがある。

図鑑だったと思う。テレビでも見たことあると思う。大きな雛(ひな)に小さなウグイスが餌を運んでいるシーンだ。ホトトギスは自分の子どもを自分で育てない。ウグイスの巣に卵を産む。ウグイスはせっせとホトトギスの雛を育てる。自分よりはるか大きくなったホトトギスの雛に餌を運ぶ。

ウグイスってばかじゃなかろうか、と思っていた。でも最近思う。実は、ウグイスは雛の大きさに、「これはおかしい」と気づいているんじゃなかろうか。それでも、目の前で口をあけている子がかわいくてかわいくて、ひたすら世話をしているんじゃないだろうか、と。

私の属する障害児者サークル「ゆうゆう」のメンバーは、でっかい子が多い。ウグイス説を話してみる。

「なるほどねー。私たちも、ウグイスと一緒よね。大きな雛をせっせと育てて」

もちろん私たちの雛は、よその鳥が産んだものではないけれど、親よりはるかに大きくなったいまも手がかかる。

ウグイスも、大きな雛がかわいくてたまらない反面、ときどき、チッと舌打ちしたり、仲間に愚痴っているのかもしれない。

動物園へみんなで遠足に。
洋平も航も疲れてお昼寝。ダイだけまだまだ元気で、
どこかへ走って行きそうです。

人のなかで

私はあいさつがへたくそだ。いらないことはいくらでもしゃべるのに、いることはしゃべれない。タイミングがつかめない。航が小さいときは、連れ歩くだけで、相当なエネルギーがいって、あいさつもせず歩いていたような気がする。航が落ち着いてあいさつする余裕ができても、昨日まであいさつしなかったのに今日から急になんてできない。勇気がない。おまけに、目が悪くて、頭が悪くて、人の顔を判別するのが遅い。さらに想像力だけがやたら発達しているので、人が作業していたらじゃまではないかとか、相手の事情に配慮しすぎてあいさつできない。愛想のない私。

それでも年月は少しずつ地域に私たち親子を根づかせてくれる。声を掛けてくださるかたがふえてくる。

航が中学へ通う石段の途中、必ず声をかけてくれるおばあちゃんがいた（中学までは長い石段を登らないといけない。一番の近道は二百階段。映画「海猿」のトレーニングシーンの撮影があった場所だ。航はもっとゆるやかで地域の人とよくすれ違うことのできるルートを選んでいる)。その日の航の受け答えを、あとからハアハア登って来る私に教えてくれる。

「今日は『おはよう』言えたよ」

とか、

「今日は、にやっと笑っただけ」

とか。

お勤めに向かうおばちゃんたちにも、声をかけてくださるかたがいる。ろくに返事もしない航にていねいに声をかけ続けてくださる。そして、私をねぎらってくれる。

「毎日、ご苦労さんじゃねえ」

「一人で学校まで行けるんだけど、何かあったらいけないしねぇ。この前、私は石段の下までで帰ったら、そのあと勝手に通学路変えて、途中の公園で大泣きしていたみたいなんですよ。で、この子のことを知らない人が救急車呼んだんですよ」

「ああ、そうねえ。通る道、変えたわねえ。公園越えたあたりの石段で、休憩しながら景色を見たいみたいよ。いつもの道は狭くて人が通るとすれちがうのがやっとだから、長々座っていられないしね」

は、はあ。なるほど。あいさつするだけの人に、航の気持ちについて教えられるのは不思議な気がした。

そういえば、航が小学生のとき、広島大学教育学部で教育相談を受けた帰り道、そのころはハンバーガーショップに入ることができたので、お昼を食べに入った（いまではなぜか、ファストフード店には入れなくなってしまった）。十二時をずいぶんすぎてしまっておなかがすきすぎたのか、航はワーワー泣きだした。

「泣くひまあったら食べなさい」

などと、しかりつける私のそばに、アルバイトらしき店員がやってきた。うわっ。うるさいから出てください、とか言われちゃうのかな。

「あの……。音、大きいですか？」

「は？」

「BGMです。いま、流れている。もしかして、この音がいやで泣いているのかな、と思って」

びっくりした。自閉症児にはありうることだ。広島大学は近い。障害児教育を勉強されている学生さんなんだろうか。航の気持ちを想像してくださったことがうれしかった。二〇〇四年八月六日。日付まで覚えている。ちゃんとお礼を伝えたいと思っていたのに、できないまま月日がすぎてしまった。

ひとの困った行動を、ただ迷惑だとながめるのではなく、どうしてだろうと立ち止まること、それは本当の意味の優しさだと思う。そういう優しさを持った人がふえたらいいな。

航は理髪店に入れない。聴覚や触覚の過敏もあって、耳のまわりをじょきじょきされるのが特につらいらしい。自宅の浴室でなら我慢して切らせてくれる。親亡きあと、理髪店でヘアカットできるようにしてやりたいと、近くの商店街の理髪店でチャレンジしようとしたが逃げる逃げる。道路でもいいからと、おじちゃんを連れ出したが、さらに逃げる逃げる。魚屋のおばちゃんにまで手伝ってもらって商店街で捕り物を繰り広げたが、結局髪は切れずに終わった。

通っている精神科の自閉症専門の児童相談員の先生が付き添ってくださるということで、車で一時間の理髪店に行き、道路にてやっと、カットができた。やはりプロは違う。男前になった。

数回通い、いつかはどこでもカットできるようになったらいいなと思っていたら、理髪店のおばちゃんが病気になられた。もう、そこではカットしていただけない。

ふと気づいた。そうだよね。いま、私たちを助けてくださっているかたや、地域のかたはたいてい私たちと同年代かそれ以上だ。年の順ではないけれど、私たちの体が弱ってくるとき、きっと同じように弱ってこられる。この子たちの将来、助けてくれる存在があるとしたら、それはこの子と同年代の子どもたちなんだ。

しかし、子どもたちに理解をひろげようなどと思っても、これまたシャイな性格がじゃまをして「おばちゃんおばちゃん」と向こうからよってきてくれた小学生時代は話せたのだが、子どもたちが思春期になり、ちょっと距離をおきたがっている空気を出しているともう近づけない。

だめだな私。そう落ち込んでいたときのこと、低学年の女の子が、

「おばちゃん。『さんさんさん』読みました。いい本ですね。みなさん読んでくださるといいですね」

と言ってくれた。えっ、小学二年生だよ……。すごいなあ。ありがとう。

私は私にできる方法で想いを語っていこう。そう決心した。

航のことを理解し支えてくれた、小学校時代のパーフェクトな同級生たち。

中学になったら少し距離ができた。そりゃそうだ。一緒に勉強できることはなくなってしまったし、みんなは受験で忙しい。人間関係も複雑になってくるし、きっと自分のことでいっぱいいっぱいだろう。

いまは同じ街の中、視界の端っこで、ときどき航を見てくれるだけでいい。航という子がいたことを覚えておいて。そして、将来、もし航みたいな子が困っているのを見かけたら、助けてやって。それと、もし将来、自分に自信がなくなったときは、航の笑顔を思い出して。

私たちはずっとここに住んでいくから。苦しいことができたとき、思い出して。訪ねてきて。きっと力になるからね。

旅

　ずっと昔、はじめての海外旅行に会社の先輩と行ったとき、

「スーパーとか、地元の人が買い物に来る所がおもしろいんだよ」

と妙なことを教えてくれたものだから、それに、はまった。海外旅行に行っても、ついお惣菜（そうざい）とか買いに行ってしまっていた。

　結婚前、母と東北の旅行に行ったときは、インターネットも一般的な時代ではなかったから、本を見て適当な旅館を予約したら、驚くほど住宅街のまんなかにその旅館はあって、まわりを歩いていたら生活のにおいがいっぱいで、そこで生活している自分なんてものも想像できて、それはそれで楽しかった。スーパーに入れば、品物がぜんぜん違う。リンゴチップスが普通にたくさん置いてあって、これが土産屋で売っているものより安くて、私の口に合ったりした。

たぶん、そのあたりの経験がわが家の旅行スタイルを決めたんだと思う。航が、外食が苦手になる前から、高価な料理を口にしたことない旅ばかりだ。スーパーに行って、地物を買えば、けっこううまい。

一番気にいっていたのが湯布院だ。

会社の保養施設があって、温泉の出るケビンのようなところに泊まり、全自炊。パン、ロールケーキ、豊後牛肉、地鶏肉、野菜、お惣菜、買う店も全部決まっていた。片道六時間。洋平を連れて行ったことはないけれど、ダイも航もこの街を愛していた。ただいまーって、言っていた。いつの日か、父さんが退職したり、長距離の運転が難しくなったりしたら、来られなくなるね、と切なく思っていたのに、それより前にこの保養施設がなくなった。

「遠くを心の故郷にするから、行けなくなったとき、さびしいでしょ。私なんか、一番愛している温泉は、駅の横のビルにある大和温泉よ。一人ぼっちになっても、体が悪くなっても、あそこになら行けるでしょ」

と言ってくれる人がいた。

呉には大自然はないけれど、観光客はけっこうやってくる。「大和ミュージアム」には十分の一サイズの戦艦大和があるし、潜水艦そのものを陸にあげ展示した「てつのくじら館」もある。瀬戸内の島々を行きかう船も見ていて楽しい。生活の場としてしか見たことなかった街だけど、ときどき、観光客になった気分で見なおせば、楽しくなってくる。

親亡き後、ダイや航は旅行を楽しむことはできるだろうか。一生この子たちが困らないお金を残してやることは私にはできないけれど、どんななかにも楽しみを見つける力はつけてやろう。

自転車

結婚してから車の免許をとった。まあまあ順調にとれたのに、実際の道を走るのはどうもむいてないらしい。ジイサマが車の前に飛び出せば、ブレーキではなくアクセルを踏んでしまう。駐車場から出ようとして、よその板塀、全部なぎ倒したこともある。バアサマ二人、家の中で震えておられた。運転なんて「慣れ」だからと人は言うけど、慣れる前に大事件をおこすと思う。休日なら優しいダーリン（？）が運転してくれることもあって、運転から遠のいてしまった。

代わりに必要になったのがチャリ（自転車）だ。どこへ行くのもチャリ。航が赤ちゃんのとき、クビがすわったら即、抱っこベルトで体にくくりつけ、チャリに乗った。航がおすわりできるようになれば、前と後ろの補助椅子にダイと航を乗せて走った。ごく普通のママチャリだ。いまなら注意される。

航が幼児だったとき、夕方、ちょっと目を離したすきにテレビの上に乗り、落ちて、手のひらに縫うほどの傷ができたときも、止血しながらチャリに三人乗り、救急病院に向かった。たぶん、救急車より速い。幸い病院でもすぐ診ていただけた。

保育所にも、毎日チャリ三人乗りで通っていた。雨なら三つのかさを差して乗る。月曜日ならお昼寝布団も肩にかつぐ。中国雑技団のようだ。いったん止まると再発進にかなり力がいるから、できれば止まりたくない。声をかけられても無視。発進時以外は、足より腕と肩の負担がすごかった。

大雨の警報が出た日、道は川になっていた。後にあちこちで被害を報告された大雨だ。さてと……チャリで出ようとしたら、当時、賃貸マンションの同じ階に住んでいた人が、

「車出すわよ」

と言ってくれた。

「いや。大丈夫だよ」

「絶対だめ」

その人の運転で子どもたちの迎えに行き、無事帰ることができた。車だと幸せだなあ、みたいなことをダイが言ったからホッペを軽くつねってやった。

翌朝。大雨がうそのように晴れたなか、その人のご主人がタイヤを交換している。

「パンク？　うちのせいでしょ」

「絶対違うから」

このときばかりは申しわけなくて、運転できない自分がなさけなかった。そもそもそれまでだって、子どもたちを無茶苦茶な自転車の乗せ方をして、事故がなかったのが不思議なくらいだ。

毎日少しずつ子どもは大きくなる。昨日と今日も、今日と明日（あした）も、ほとんど変わりがない。だから限界がわかりにくい。

「もう無理じゃろ」

まわりに言われて、小学生のとき、ダイを後ろに乗せるのをやめた。私はチャリに乗り、ダイを走らせた。走るのがいやになったのか、自分でチャリの練習を始めた。どうにかぐらぐらしながら走れるようになってからが怖かった。チャリで伴走したのではいざというとき、助けられない。ダイのチャリに走ってついていった。数日前と立場が逆転だ。ダイがまともに走れるようになって一番うれしかったのは私だと思う。

航が一人で乗れる日は来そうにもない。そもそも走るときでさえ、前を見てないのに、チャリは怖すぎる。

航が後ろに乗れない大きさになったころ、幸いにもマンションの前に循環バスが走りはじめた。運転はあいかわらずできない。チャリでもバスでも無理な所へ行くには、友人や友人のお母さんの車まであてにする。

中学生になった航が、ときどき思い出したようにチャリの後ろを指さす。たまには乗ってみようかなと思うらしい。

「無理！」

と却下させていただく。

「ムリ！」

オウム返しする航の顔は、「だめもとで言ってみました」みたいにニヤニヤしている。後ろに乗せてどこにでも行けたときに、戻ってみたいと少しだけ私も思う。

えらかったね

昔、ダイが、

「航くんのように育ててほしかった」

と言ったことがあった。航に対して行っていた自閉症児のティーチプログラムを自分にも使って育ててほしかったと言っているのだと思った。でも、それからずっと考えていて、もっと違うものをダイは求めていたんじゃないかと気づきはじめた。

ダイが保育所に通いはじめる前、午前中は公園ですごしていた。最初は一人ぼっち（いや、二人ぼっち）だった。やがてダイと同い年の子どもたちのお母さんグループに親しく声をかけてもらえるようになって、すごくうれしかった。でも、いっぱい話したいことがあるのに、ダイはすぐどこか遠くに走っていってしまう。ほかの子どもたちはみんなおしゃべりが達者で、子ども同士仲良く遊んでいる。ダイだけいつも人とは違うことをしている。優しい人たちに巡り合いながら、孤独だったときよりもっと孤独な気がした。

家への帰り道。いつもは自転車だったけど、航を妊娠してからは徒歩だった。歩きながら、手をつないだまま、ダイの手をつねったこともあった。まわりにはわからないように。顔は前を向いたまま。半分泣きながら。

「ダイのせいなんだよ。ダイがみんなと仲良く遊べたら、お母さんはこんなにさびしくないのに」

いまの私があのころのダイの母だったら、ダイをほめながら歩いただろう。

「自転車に乗りたいだろうに、歩いてくれてありがとう」

家に着いたらギュッと抱きしめてやっただろう。

あのころの私は、ダイをほかの子に追いつかせることで頭がいっぱいだった。比べてばかりいた。ダイの背負っているハンディがどんなにこの世の中で生きにくいか、日々どんなにダイが努力して生きているかなんてぜんぜん知らなかった。

いや。いまも私はあのころの私と同じかもしれない。ダイのハンディを知り、理解してやったはずなのに、つい、もっともっとと思ってしまう。やっとゴールまで走ってくるとすぐに次のゴールを作ろうとする。

一方、航は、ダイの育てにくかった部分をさらに濃くした感じだけど、二度目なのでわかりやすい。障害が重いので、うんと手がかかる。ほんのちょっぴりの成長がうれしくてたまらない。まわりの人が驚くくらいほめまくってしまう。

ダイはほめられたかったのかもしれない。でも。だって。ダイ、小さいとき、あんたはほめても喜ばない子だったんだよぉ。だけど、どんなことも遅すぎるってものはないよね。ダイに機会を見つけては言ってみる。

「ごめんね」

「えらいね」

「ありがとうね」

言うほうは、照れが入ってめちゃくちゃ無愛想になる。聞くほうも喜んだ表情一つ見せるわけではない。でも、優しい言葉を一つ言うごとに、幼いころのダイを一回抱きしめられるような気がする。

高校生になって、進路決定の参考にさせるためか、自分をみつめなおしていくようなノートを書かされたらしい。懇談会のとき、そのノートを手渡され、担任としては進路のページを見てほしかったのだろうけど、私は偶然開いた別のページを見て大笑いしていた。

「中学時代、一番うれしかったこと」

の欄に、

「階段でねんざしたこと」

ほかの人には意味わからないだろうね。中学時代、下校中の石段で転んでねんざしたときのこと。歩けなくて、「助けてください」って叫んだら、たくさんの人が家からでてきて、中学からはたくさんの先生がかけつけてくれて、病院に運んでもらったんだよね。みんなに迷惑かけて怒られるかと思ったのに、

「よく大きな声で助けを呼べた」

ってみんなにほめてもらったんだよね。あれが一番うれしかったんだね。お母さんはけっこうトホホだったよ。おろしたてのズボン、壊滅的に破れていたからね。

さて、別のページ、

「長所」

「どんなこともがんばること」

「短所」

「でもうまくいかないこと」

「長所　二行目」

「それでもがんばるところ」

「短所　二行目」

「それでもうまくいかないところ」

どこまで続くんやねん。

お母さんがもっともっとダイのいいところを教えてあげていればよかったね。これから一緒に数えていこうね。

修学旅行

自分の修学旅行の記憶はあいまいで、だから修学旅行なんてどうってことないものって思っていたのだけど、洋平にはどうしても行かせてやりたかった。

小学校の修学旅行。新幹線に初めて乗ると、

「あ――」

という喜びの声をあげたという。滅多に声をあげない洋平だ。睾丸が体内で捻転し、一部壊死したときでさえ、声をあげなかった洋平が喜びの声をあげた。それほど洋平にとって旅行は喜びだったのだ。

中学の修学旅行は、一カ月前に脚を骨折してしまっていた。数人で抱きあげないと、腕や足がぶらーんとたれただけで骨折してしまうくらい、骨がもろくなっていたのだ。

絶対に修学旅行に行かせたいという私たちの願いをくんで、病棟はいつもの座位保

持装置ではなく、動くベッドのようなものを用意してくださった。それでも慎重に体を動かさないと、ギブスの横を骨折する恐れがある。学校の先生たちは洋平の移動のさせかたの特訓を受けてくださった。大きなギプスをしたままだったけど、洋平は修学旅行をキラキラした目で楽しんだ。

高校の修学旅行は、毎年行き先は東京だったが、洋平には無理な距離。同級生が洋平が可能な九州に合わせてくれた。

「ホークスタウンに行けるならいいよ」

「ジャニーズショップに行ってくれるならいいよ」

そんなことを言いながら、彼らが本当は東京へ行きたかったのだと、あとで知った。

現在は園長でもある小児科の先生と看護師さん同伴で、九州を楽しんできた。

私たちの力で洋平を旅行に連れていくのはもう難しい。三つの修学旅行に行けて本当によかった。

洋平自身行きたくてたまらなかった修学旅行。対照的なのは航だ。環境の変化がかなり苦手。そもそも弁当が食べられない。外食もだめ。

自閉症の人はさまざまなこだわりを持っていることが多いが、航の場合は「食」に多くのこだわりが集中している。

小学校のとき、ようやく給食を食べられるようになると、学校にいるときは給食でないと食べなくなった。遠足の予備日などで弁当持参の日は、私が給食っぽいものを作り、給食室に運び、給食の先生の協力のもと、給食に見せかけて航に手渡してもらった。

場所と食べるものの組み合わせのルールを細かく作り出し、自宅においても、ごはんはラップの上にのせろとか、いろいろうるさい。外食できる店は県内で数店。なのに高速道路のサービスエリアだとどこでもオッケーという不思議なルールもある。

そんな航との修学旅行は、「食」との戦いだ。小学校時代の修学旅行では、旅館の人まで協力してくださり、

「うどんが好きと聞きましたが」

と、特別にうどんを作ってくれた。でも食べない。それでも、たった一泊だ。ろくに食べなくてもどうにかなった。同級生たちとも楽しくすごせた。

中学の修学旅行は出発のときから不安げな顔だった。

中学ともなると旅の内容も高度になる。楽しめないうえに食事が食べられない。豪華な松花堂弁当など一秒目を向けただけだ。

二日目の夜は航のだけ、うどんをたのんでもらったようだが、その日のメニューはスキヤキで、航はうどんには見向きもせず、自分のも先生がたの分までスキヤキをたいらげたらしい。食べられるんじゃん。

毎日同じ生活ならきっと航は安定しているだろう。でも、特別な日を楽しむ力を持つために、特別の体験をいっぱいしてほしい。


ダイが小学校の修学旅行から帰って来たとき、学校まで迎えに行き、

「疲れたでしょ。持ってあげようか」

とバッグを持ってやろうとしたら、持ちあがらなかった。荷物は岩のように重くて、開けてみると本当に石がごろごろでてきた。化石さがしをした後、化石はなかったけれど、捨てたくなくなった石らしい。

中学の修学旅行は、ダイに対して、特にひどいいじめをする二名と同じグループだった。担任は、その理由を
「集中管理しやすくしたんです」

と、言った。旅行中の写真にダイの笑顔はない。

高校の修学旅行は北海道。旅行先のダイから電話がかかってきた。いきなり暗い声

で、

「お母さん。残念。忘れたんだよ」

「何を」

「家の電話番号を。携帯の番号じゃダメって言われた。おまけに住所も自信なくなって、送れなかったんだよ、カニを」

「は？」

「市場からカニを自宅に送ろうとしたけど、だめだったの。あー、残念」

電話は切れた。

夜、またかかってきた。

「今日はたいへんな失敗をしてしまった……」

カニのことか？

「そんなんじゃない。もっとたいへんなことなんだ……」

「何……？」

「風呂に」

「風呂に」

「タオル持って行き忘れた——」

電話切ったろうかい。

本人は大まじめに、どんなに困ったか力説する。はいはい……。

帰ってきてからは多くを語ってはくれない。それでも、数ヵ月たってからもぽちぽちと、楽しかった話をしてくれるときがある。

どんなに楽しくても記憶は薄れる。私が自分の修学旅行をあまり覚えてはいないように。

テレビで、行ったことない国の美しい景色を見ると「きれい」って思うけど、日本の美しい紅葉を見たときには、「きれい」と同時に「なつかしい」って感じる。これまでの人生で、いつか見た、いつか感動した景色と似ているんだろう。

美しい秋の葉っぱたちを見て、ああ、これは高校の修学旅行で見た信州の山道での色に似ていると思い出した。すると、修学旅行でのいくつかの声がよみがえってきた気がした。

「モリ（私の旧姓）、自由時間になったらうちの部屋においでよ」

「モリ、アイスクリーム、一緒に買ってこようか？」

もういまは会うことができなくなった友人たちの声だ。

行事の一つ一つの記憶は消えてしまっても、その経験の一つずつが私の細胞を作っているのかもしれない。

友人の子どもが、修学旅行に行かない選択をした。欠席もりっぱな選択のひとつだ。しばらくは、その記憶の引き出しを開けるのはつらいだろうけれど、「行かない」こともりっぱな思い出だと思う。

子どもの荷造りをせっせと手伝い、健康と天気を祈るのも、ただ静かに子どもの選択を見守るのも、どちらも親にとってかけがえのない経験なのだと思う。

人間ＧＰＳ

うちの子たちは目立つ。航は一人歩きすることはないから、たいていはダイについてだけど、外で見かけた友人知人から情報メールがよく入る。私はそれを人間ＧＰＳと呼んでいる。

「定期試験が近いんだから勉強しなさいよ」

と言い残し出かけたら、五分後にメール受信音が鳴る。友人からだ。

「ダイちゃんが駅の方面に向かっていたよ」

遊びに行ったんだわ……。

またあるときは、

「ダイちゃんが休山（やすみやま）トンネルあたりを歩いていたよ。もしかして高校から歩いて帰っているんじゃないの」

ええええーっ。

そして、またあるときは、

「二河球場にカープの試合見にきました。ダイちゃん発見。クラスメートらしき優しげな子たちが一緒に見ようと声をかけています。ダイちゃんをよろしくね、と言っておきました」

あなたが母親だと思われちゃうじゃん。ま、いっか。美人だし。

あら。続きがきた。

「ダイちゃん、友人から離れて一人で応援団のそばに行ってしまいました」

ええええー。せっかく優しい子たちが声かけてくれたのにー。

写メールがくるときもある。めずらしく航についてのメール。タイトル「航くん発見」。本文は「ヘルパーさん」だけ。

写真を見て笑う。担任の先生の左にいる航が、右手を担任の右肩に置き、左手で担任の左腕を持っている。航は担任や親に対してよくこんなふうに歩きたがる。航の陰になって担任は見えない。航はジャージ姿だ。校外に散歩にでかけたのだろう。航は背が高いから、老人の外出をサポートする青年に見える。

ダイが六年生のときを思い出した。六年生のときにもう担任の身長に追いついていたダイが、壁際にいた担任のそばで壁に手をついて甘えるように雑談をしていた。それを見た友人が言った。

「見て見て。親父狩り」

最近のママ友はどいつもこいつもおもしろい。

メールだけではなく、立ち話からも子どもたちの情報が入ってくる。

航の同級生のお母さんとスーパーで出会った。話題は最近近所の商店街や小学校中学校で行われたNHKドラマの撮影についてだった。緒形拳さんや玉山鉄二さんの撮影が何日にもわたって行われていた。

「土曜日にね、小学校で廃品回収があったのよ。私、役員だから、古新聞とかの整理で校庭にいたんだけど、ダイちゃんが自転車で来てね、作業しているみんなの間を縫うようにゆったり走ってね、『今日の撮影はどこでやっているか教えてもらえませんかー』って言ってね、だれも知らなくて、教頭先生がどこかに電話して調べてくれて、『今日は中学だそうだ』と聞くと『ありがとうございましたー』ってフラーと消えたんよ」

ひええ。私が起きたときはもう家にいなかったけど、そんなことをしてたなんて。

教頭先生はダイも航も卒業したあとこられたかたなのに。

「なんかね、ほのぼのしたんよ。助けてあげたいって気になるんよね、ダイちゃんって」

ありがとう……。

その日あったことの報告なんてしてくれないうちの子たち。送られてくるメールや立ち話でこの子たちの時間を垣間見て、笑ったり怒ったりほんわかしたりしている私なのだ。

自立

ダイが小学校の低学年のころ、下校を見守っていた。それをやめるとき、勇気がいった。手を離すことは、手をかけることより難しいかも、と思った。

はじめてお使いを頼んだときは小一時間たっても帰らないから心配していたら、

「お母さんはネギをきざむのがへただから切ってあるのはないですか？」

と店の人に聞いては、切ってあるネギを求めて店のはしごをしていたらしい。だーれが、切ってあるネギ頼んだよー……。

中学生になると、しっかりさせなきゃと、自宅から離れた場所での用があるたびに、帰りは一人で帰らせてみた。電車で一駅分の場所からバスで帰らせたのがはじめてのチャレンジだった。帰ってこないので、GPSで調べるとずいぶん遠くにいる。間違えて島へ行くバスに乗ったらしい。当時は携帯電話ではなかったから通話はできない。

心配しつつGPS検索を続けると、次第に家に近づいてくる。帰ってきた。

「ダイ、帰るとき、事件あった？」

「ん――、別に」

「何かあったでしょ。思い出してみ」

「ああ（ポンッ！　手をたたく）。バス乗り間違えたよ」

それはたいした事件じゃないんかい。

高校入試準備に入り、オープンスクールなるものに参加させようと思った。公立は夏休み中の平日にあり、航がいて私は付き添えない。何回も行く練習をさせた。

そして当日。

「たいへんよ。ダイちゃんがバスの運転手さんに、『このバスは二河桟橋に行きますか』と聞いてバスの運転手さん困らせていたわ。私、そのバスに乗っていたんだけど、今日はバスが遅れていて満員で後ろのほうにいて、助けられんかったんよ。このバスには乗らなかったけど、どこに行こうとしているのー」

友人が連絡くれた。

二河桟橋などという場所はない。仁方（にがた）桟橋が正解。しかも降りるのは桟橋ではない。GPSで何度も検索しているうちに無事目的地に着いたのが確認できた。帰ってきたダイに聞いてみた。答えは想像通りだった。

「事件？　別にないよ」

忘れてしまうのか、それともこのくらいじゃ事件じゃないくらい、日々もっと事件があるというのか……。

ある朝、

「お母さん。定期券ない」

「どうしていまごろ言うの。ゆうべ気づきなさいよ。だいたいあんたは……」

最後まで言わないうちに消えた。

「とりあえず現金で電車乗る」

ドアの向こうから声がした。もう、しーらない。

でも、気になって夕方、駅まで来たついでに警察によってみる。すると、

「たぶん、さっき息子さんらしい高校生がきましたよ」

駅員さんにも聞いてみる。

「ああ、ついさっき、息子さんこられましたよ」

どちらにも落とし物として定期券は届いてないらしい。

今度は、パソコンで遊ぶためによく道草する観光センターに寄ってみる。

「茶色いパスケースですよね」

「ええ」

「二つ折りの」

「ええ、ええ」

「革のひもがついた」

「ええ、ええ、ええ。それ」

「三分前、息子さんが来て持って帰られましたよ」

家に帰ると、鼻歌歌いながらシャワーを浴びているダイがいた。

「今日、変わったことなかった？」

「ん——？　別に」

……はいはい……。

カミングアウト

最近、障害についてまわりの子どもに説明することをすすめる中学がけっこうあるという。その子どもの状況によってはそのほうがいい場合もあるだろう。ただし、カミングアウトによってさらに問題がおきた場合、学校はその子を絶対に守る覚悟を持って臨むべきだと思う。

ダイの場合、特殊例だった。私が本を書いてしまった。ダイの意思に関係なく、私がカミングアウトしてしまった。しかも、ダイへのいじめがあった中学時代に。

ダイへのからかいの言葉に「コウキノウジヘイ（高機能自閉）」というのが加わった。本当のことだから「違う」とも言い返せない。本のタイトル『さんさんさん』を「散々悲惨な三兄弟ってことだろ」とからかわれたらしい。ごめんね、ダイ。

高校に入って数カ月たった夏。担任から連絡があった。クラスで八名の子がダイをからかったことがわかったから、来週水曜夜七時、その子たちの保護者を学校に呼んだのでお母さんから話をしてほしいとのこと。

その子たちからしてみたら、納得いかないらしい。ダイとは関係ない場で「キモイ」「バカ」「シネ」の言葉を使っていたのに、遠くにいたダイが反応してしまったり、ダイに話しかけているのに無視されたり、大事な話をしているところに、ねえねえと割り込んできたりで、ダイに腹が立っているという。無理もない。保護者にしてみたら、仕事で疲れているところ、遠くから（車で一時間くらいのところから来られるかたもいたのだ）よびつけられたら腹もたつだろう。わかるわかる。

……どう説明したらいいんだろう。たった八名の前で話すというのに、胃に穴があきそうだった。

障害の特性すべてを話すのは時間的に無理があるし、私は自閉症講座を行いに行くわけではない。それに、何を話しても伝わらなければ意味がない。トラブルになったことについてだけ説明しようと思った。

「この子は言葉をそのままの意味にとってしまいます。『死ね』という言葉をいままでの子どもたちは簡単に使います。でもこの子にとっては、私たちが怪しい相手から借金をして、利子がふくらんで返せなくなって、その相手に高額の保険に入らされ、

『借金返せないなら死ね』と言われるくらいの恐怖感ある『死ね』なんです」

と言おうかな。と、思って部屋に着くと、すでに八組の親子は席についていた。え、子どもも一緒？　先生は保護者に説明してくれって言ってたのに、子どもも同席？　あらま。高校生相手に保険金殺人未遂の喩え話はすべきじゃないよね。どう話そう。

今回のトラブルがおこったダイ側の理由（聴覚刺激の捉え方が人とは違うこと。言葉の意味をそのまんまにとってしまうこと。空気を読む力がないこと。など）を説明しながら、ふと考えた。高校は義務教育ではない。こんな面倒なクラスメート、いたらそりゃむかつくこともあるだろうし、いつでも優しくなんてできないだろう。それなのに、こんな疲れているだろう夜に……。申しわけなくてたまらなくなった。心にあることをそのまんま話すことにした。

ダイは迷惑かけるかもしれない。でも、ここにいさせてほしい。中学ではつらい思いをしたので、今度こそ学校生活の楽しさを味わわせてやりたい。もしみなさんに恩返しができるとしたら、こんなダイがそれでも楽しそうに学校生活を送っていたことを記憶してもらうことくらいだけど。

中学時代、特にダイをいじめていた子は勉強もスポーツも優秀だった。「一番でなけれぱ」と育てられた子に、ダイは価値ない存在だと見えたのだろう。でも、その子たちが、その価値観のまま生きていくなら、この先、もしなんらかのトラブルで人よりうんと負けるような経験をしたとき、自分を許せないと感じるのではないだろうか。一番なんかでなくっても、人は価値がある。どんな自分でもかけがえのない自分だと気づいてほしい。強い心はもっと強い風が吹けば折れる。強い風に折れない、しなやかな心を持ってほしい。多くの経験をし、多くの人と出会い、いろんな人を受け止めることがしなやかな心を作る。その「経験」のためにダイをクラスにおいてやってほしい。

いま、自分で自分の命を絶つ人が多い。そこにはいろんな理由があるのだろう。心が病気になっていて、その瞬間だけいつもの自分ではなくなって、死に至った人もいるだろう。自分を愛せなくて自分をやめてしまった人もいるだろう。けれども、何があっても自分を愛せる心を持っていたら、死に至らなかった人もいるかもしれない。「死ね」という言葉、それがどうしても悲しい。ダイが小学一年生のとき、一つ上の男の子が亡くなった。発作で倒れて、生きているのが不思議なくらいの体で、それでも一カ月生きて亡くなった。生きたくて生きたくてがんばったのだろうし、家族のためにも生きたのだろう。「死」は懸命に生きたゴールであってほしいと思う。だから、その言葉を軽く使ってほしくないと願う。

そんな内容を、もっとゆらゆらと長く話したような気がする。

保護者の多くが泣きながら聴いてくださり、謝ってくださった。こちらこそ謝らないといけない。お礼を言わないといけない。ありがとう……。

「ごめんね、ダイくん」

保護者の一人が、家に置いておくわけにもいかず連れてきた航に謝ってくださった。

いや……それ、ダイじゃありません（ダイは自宅にて留守番）。たしかに、ここにいる高校生と大きさだけは負けてない航だった。笑い飛ばすわけにもいかず、顔にしわがふえた。

才能

私は学生時代、何やってもだめだったような気がする。音楽と体育がだめ。ドミソとドファラの聞き分けすらできない。でも、いま、かすかな音を聞き分け、航の行動を察知する。必要な能力は進化するらしい。ドミソがわからなくても命の危険にはさらされなかったし、たぶん音楽へ劣等感のようなものを感じていたから、能力は成長しなかったし、楽しむという心も成長しなかったんだろう。

運動神経もゼロで、筋肉は人の半分もなかったんじゃないかなと思う。腕を曲げても力こぶどころか、筋肉がかたくなることすらなかった。それが、母親業をやっているとあきれるくらいの力こぶができるようになった。運動神経のほうはあいかわらずで、ダイが小学二年のときの参観日で、ドッジボールだというから、転がしドッジかと思いきや、ちゃんとしたドッジで、おまけに子どもたちはけっこうな球を投げる。

そのうえ、母も参加しろなどと言うから、運動神経よさそうなお母さんの背中にぴっちりひっついて、逃げ回った。大人になると苦手なこともどうにかできるのだ。

私はのどを見せるのも苦手で、子どものころは医者にしかられていたし、学校の耳鼻科健診では医者にどなられ、

「こんな子、診てやらない」

と、言われた。しかたないから、その医者の押印をどうにか偽造して、保体委員に健康手帳を提出した覚えがある。

大人になると、診てもらう前に、医者にお願いできる。

「私、のどが敏感ですからね。何かあたったら吐きますよ。気をつけてね」

脅しかい。

大人になると要領がよくなり、子どものころより、苦手なことへの劣等感が減っていくような気がする。

友人が、

「私の才能は、『人の才能を覚えておいて、便利に使うこと』なのよ。生きていくうえで、自分自身の才能なんて、そんなにいるもんじゃない」

と、言った。なるほど。私も以後、苦手な役目がまわってきそうになると、

「私は書くのを引き受けるから、それはやってくれないかしら」

と交換条件を提案する。ああ。大人って楽。

才能なんて、なくて大丈夫。そう実感しているのに、わが子の才能はときどきとてもほしくなるのはどうしてだろう。

子どもたちがまだ小さいころ、姪たちがあまりにいい子で、絵までうまいので、

「ああ。こんな絵をダイが描けたら、あとは何も望まないのに」

って思った。それなのに、ダイはダイなりのいい絵を描きだすと、もっとほかに才能はないのかと思ってしまう。

本をだした自閉症児がいれば、おまえも文章書けよと思ってしまうし、スポーツができて、大会にでる子どもをうらやましく思ってしまうときもある。母と共に農業をがんばっている子を見れば、その優しい性格がうらやましいし、頭のいい子のこともうらやましい。

それって、自分がいい気持ちになりたいだけなんだろうな。万人に「すごいやつ」ってところを見せたいんだろうな。そんな自分がなさけなく、子どもたちに申しわけなく思う。

得意なものがない人間なんていない。それがなんなのか、ちゃんと気づいてやらないと。人に自慢するためではなく、本人が輝くためにそれに気づいてやらないと。

航は、おもしろい書を書くなと思っていたけど、ダイは、書道はぜんぜんだめだと思っていた。これまで、小学校の書道の授業でクラスで一番へただったから。

それが中学の終わりのころ、学校に飾るため、自由な一文字を書くことになった。ダイが書いた古典文字の「楽」という字が素晴らしかった。ダイに聞くと、書道を習いたいというので、通わせはじめた。これがまた素晴らしく熱心でアイデアゆたかな先生で、ありとあらゆる文字を書かせてみてくださった。学校で習った楷書より、隷書などが得意なことがわかった。以後、えらく楽しそうに書道に通っている。好きなことも、才能も、どこに眠っているかわからない。

絵は絵画教室ですてきな花や静物の絵を描いて帰ってくる。

ある日、自宅で、トロピカルフルーツの絵を描くといって、画用紙を十二分割して、十二個のフルーツの断面図を描き始めた。さすがは食材フリーク。何も見ずにさっさと描く。うまいのだが、バックの色をもっとバランスよくいろんな色を使えばいいのに、緑の横にまた緑だったり、赤の下に赤があったり。

「パステルの色、いっぱいあるんだから、もっとバランス考えたらいいのに」

「キワオにはキワオの気持ちがあって、グアバにはグアバの気持ちがあるから。そのフルーツがバックには何色が似合うかだけを考えてあげたんだよ。一つ一つの気持ちにくらべたら全体のバランスなんてどうでもいいんだよ」

この子の言葉でこんなに納得させられたのははじめてだった。

いつもはまともな雑談が成立しないダイだけど、実はキラキラした感性も胸の深いところに持っているのかもしれない。

失うこと

舌がんの患者さんがたくさんいらっしゃる病棟にお見舞いに行ったことがある。デイルームで、みかんやレモンより、バナナが一番舌にしみるんだなどという話を、その日はじめて会うかたたちに聞いた。みんな明るい楽しいかたたちだった。病気も障害も受け止めるまでの順序が似ていると聞いたことがある。はじめは信じられなくて、「どうして私が」と思い、理由を考え、怒り、悲しみ、そして受け止める。きっと、涙を流した日々があり、いま笑っておられるのだろうな。私たち障害児の親がそうであったように。

「食べられないのに、食べ物のにおいがしてきたら、つらい？」

そのときはまだ食事ができない状態だった知人に聞いた。

「空腹だったらつらいだろうけど、注入が入っていて空腹感はないからね。においをかぐの、私はけっこううれしい」
よかった。食べられない洋平ににおいをかがしてやることがどうなのか、迷ってい
たから……。
そんななか、急に数人がエレベーターの前に走っていった。仲間の一人が手術に向
からうしい。この手術で、食べることとしゃべることが一生できなくなるらしい。知
人も真っ赤な目で見送っていた。
「さて。私、これからデパート行って、ふぐさしとか、おいしい豆腐とか、いろいろ
買わなきゃ」
まだ赤い目の知人がふっきるように言った。
「はい？」
「退院する仲間がいるから、パーティーするの」
「その体でその姿でデパートに行く気？　私が行ってくる」
「だめ。私が行く。私が行きたいの。仲間のことだから。コート着て、帽子で頭を隠
して、タクシーで行けば大丈夫だよ」
仲間がいたら強くなれることも、障害の世界に似ていると思った。悲しいこともう
れしいことも共有できる。

「口から食べるということ」「しゃべるということ」、その二つを考えるとき、この病棟でのことを繰り返し思い出す。

洋平は口から食べられなくなってしまったけれど、いつの日か声を出すこともあきらめる日がくるかもしれない。その可能性に思いあたり、胸が痛くなった。あのエレベーター前の見送りのときの涙を思い出した。

洋平の場合、おしゃべりできるわけではない。私自身が思うような声への執着は洋平にはないかもしれない。ただ、親としての心が、洋平からこれ以上何かをとりあげるのはいやだと強く思ってしまうのだ。声を残してやりたい。

だけど、その日はやってきた。

主治医から、

「お話ししたいことがあります」

と電話があった。洋平が高校を卒業して半年たった秋のことだった。

声

うちの三人は、顔はあまり似ていないが、声はおそろしく似ている。洋平の声で聞くことができるのは、たいていはむせる声だけど、もししゃべれたなら、ダイや航のようなしゃべり声だったろうなと思うような声だ。

その声を失うことを主治医から説明されたとき、私の頭は、これからほかの病院に入院して気管切開の手術を受ける段取りでいっぱいだった。それでいて、目の奥に熱いかたまりがあって、油断すると涙になって、流れ出そうだった。

私は洋平にとって決していい母ではなく、面会や迎えは父さんにまかせ、私はダイや航のことで飛び回っていた。その私がこんなときだけ、涙を流すのは卑怯（ひきょう）な気がした。気管切開をしないと、自力では十分に体内に酸素を送れない洋平の状態が切なかった。

手術の前日は十九歳の誕生日で、大学病院に慰問にこられていたアニマル浜口親子と写真を撮ってもらってご機嫌だった洋平だけど、手術のあとはただつらそうにあぶくを吹いていた。手術でのどに開いた五百円玉ほどの穴は直視できなかった。むせるとき、洋平はのどの穴からヒーヒーと風のような音を出し、声を失ったんだということを実感させられた。声を出せるタイプのカニューレ（気管切開の穴に用いるパイプ状の医療機器）もあるのだが、一般的に重度障害児には使わない。洋平の場合は、カニューレを入れると痰もふえるし、つらそうなので使わないことになっている。

もうずっと昔のこと。入所している洋平に会いに行って、しばらくベッドサイドにいたのだが、トイレに立ったときだと思う。部屋から出て行った私を同室のお子さんのおばあちゃんが、

「佐々木さん、洋平くんが」

と追いかけてくださった。

「洋平くんが、『おかあさん』って言った」

あわてて戻ったけれど、いくら待っても、もう言ってはくれなかった。

「たまたま出た声がそう聞こえたんでしょう」

笑う私に、そばにいた看護師さんも、

「いや。確かに『おかあさん』だった」

と言われる。

もしかしたら、言葉を使えない子どもにも、神様は一生に一度だけ、しゃべらせてくれるのかもしれない、と思った。それを洋平はついさっき使ったのだろうか。

「ばっかじゃないの。そばにいたのに、どうしてそのとき、言わないのよ」

一生懸命、力振り絞って声を出したのに、その声が形になった瞬間、お母さんが扉の外にでたのかもしれないね。

「ばか……」

またいつの日か奇跡がおきて「おかあさん」って呼んでくれるかも。そんなこと思い続けていたけど、それはもう絶望なんだと、のどの穴を見ながらまたちょっとだけ泣いた。

泣きまね

泣きまねをする母をよしよしする幼い子。そんな光景を見るたびに、うらやましく思っていた。うちの子らときたら、泣きまねなんかしていたらその間に地球の裏側まで走っていってしまう子と、泣きまねにまるきり気づいてくれない子だった。子どもに心配してもらいたいなあ……。

だけどダイが高校生、航が中学生になるころには、そんなささやかな願いを持っていた時代があったことすら忘れていた。

なんだかめまいがする。このところ頭痛もひどかったしな。少し休まないとだめだな。今日はダイの学校は昼までだから、帰りに買い物は頼めるな。航は代休日でうちにいるけど、十時には外出援助を頼んでおいたから、散歩に出かけてくれる。……頭の中は忙しく動かしながら、ホットカーペットの上に倒れ込んでいた。

「じゃ、学校行くね。無理しんちゃんなよ」

ダイがそう言った。「無理しないように」という広島弁だ。え？　ええ？　あのダイが。追いかけていって聞き間違いじゃないか確認したいが、体が動かない。

そこへ、ドンッとおなかのあたりに衝撃を感じた。衝撃のわりに痛いわけではない。毛布だった。たたまれたかたまりのままの毛布を、航が投げてくれていた。マジですか？　これはワタクシへの毛布ですか？　ありがたい。どうにか毛布を広げるとずいぶんあたたかくなった。

十年以上昔に夢見たことが、ついに叶えられた？

いやいや。人の感情を推し量ることがへただけど、パターンの記憶はうまいこの子たちだ。私が「無理しんちゃんな」と言っている場面を記憶して「使った」だけなのかもしれない。寝転んでいる家族に毛布を掛ける私をまねただけかもしれない。でも……それでもいいな。今日はめっちゃうれしかった。

お昼にダイから電話があった。

「何か買って帰ろうか？」

「もうお母さんだいぶよくなったから、夕方お母さんが晩ごはんの買い物行くから大丈夫だよ。ダイと航のお昼ごはん買ってきて」

ダイの買ってきたものは、自分と航の昼ごはんだけだった。

そうよね、そうよね……。お母さんのも買ってきてとは言わなかったもんね。

おいしそうに食べる二人の前でちょっと泣きまねをしてみた。

「へ」

小ばかにしたように航が笑った。

洋平、小1の文化祭。
クマの役をがんばりました。
記念撮影をしようとしたら、航が泣いちゃった。

手をつないで

遠くから友人が軽い障害のある五歳の子どもを連れて遊びに来た。友人は障害のないまだ幼い下の子とだけ手をつないでいた。

自閉症児などを育てるとき、大人になってしてはいけないことは幼いときからやらせないこと、とよく言われる。途中での修正が難しいのだ。たとえば、人の体を触りたがる子。小さいうちは見知らぬ人を触ってしまっても笑って許されるが、大人になってやってしまったらチカンだ。他人を触るのはいけないと幼いうちから教えてあげたほうがいい。

友人は、そういう点を考えたのか、自立を考えたのか、手をつながず歩く習慣をつけてもらったその子は、知らぬ土地でもしっかり一人で歩いていた。

橋にさしかかった。歩道も狭い。心配で、その子の前に私の手を差し出した。

うれしそうに私の手を握り、手と手がつながったとたん、その子はおしゃべりをはじめた。

「あの川のなかにいるのは何？　あの空にいるのは何？」

口で言いきれないことも、手から糸電話のように伝わってくる。私に何を見てほしいのか、何を一緒に驚いてほしいのか、小さな手のぬくもりから伝わってくる。

「いつも手をつながないの？」

「大丈夫。この子には一人で歩くことをしつけてあるから」

私はそれができなかった。航はいまだに私の手を握ろうとする。

航の同級生のお母さんがうれしそうに報告してくれたことがある。

「私ね、夕方、男の子同士のカップル見たのよ」

はいはい。オチはわかったような気がする。

「手をしっかり握りあって歩いていてね。つい顔を見たくて、前にまわって顔みたら、航くんと男のヘルパーさんだったー」

予想どおり。

ダイは幼いころ、手をつないでいても、ふりほどいて走ってどこかに行ってしまっていたけれど、小学生になって私の手を握りはじめ、六年生になっても私の手を握って歩こうとした。私は、それが恥ずかしかった。ダイにはしっかりしてもらいたかったから。

それがいまでは手はおろか、一緒に歩いてさえくれない。高校生になると、三者懇のあとも、別行動すべく、終わるなり私を置き去りにして走って駅に向かう。私も負けじと走るが追いつかない。私がパン屋に入ったのが見えるとあわてて戻ってきて、

「これとこれとこれを買っておいて」

と言うとまた走って駅に向かう。結局同じ電車なのに他人のふりをする。

ある夜、ダイが携帯電話を持ったまま眠っていたから、取り上げようとしたら寝ぼけて私の手を握ってきた。あきれるほど大きくなった手は、小さかったころのようにやわらかくはないけれど、同じようにあたたかかった。

昔、ダイが手をつなぎたがったときに、もっともっと手をつないでおけばよかった、そう後悔した。なんの夢を見ているんだか、ダイがうれしそうに笑った。

兄弟

私は、弟と七つも違うので、昔は親のごとく世話をやいていたような記憶がある。それでいて、おやつとおかずをめぐる戦いのときは対等だった。

私にとっては小さな弟だったのに、いつのまにか大きくなって、大人になって、二児のパパになって、おっさんになった。

うちの子どもたちは、兄弟で遊ぶことが難しい。洋平は自分からは人とかかわることができないし、ダイと航はコミュニケーション能力が低い自閉症児だ。三人がけんかする姿も、仲良く遊ぶ姿も見ることはできない。

航が五歳、ダイが八歳のとき、ダイがテレビを見ていて、

「テレビのなかの五歳児はしゃべっている」

と、目をまんまるにしたことがある。航がしゃべらないから、五歳児はしゃべれないと思っていたらしい。航がよその五歳児と違うことがショックというより、驚きだったようだ。おまえも五歳のとき、しゃべれなかったくせに……。

航がフリーズしかかっていると、

「面倒くさいなー」

と、手を引っ張ってやっているダイを見て、

「自分もけっこう面倒くさいやつなのに」

と、じいちゃん、ばあちゃんが、クスクス笑う。

航のためだか、自分のためだかしらないけれど、ときどき自閉症について書いてある本を読んでいる。

航は、父さんの帰りが遅いと、

「オトウサン」

と何回も私に言いに来る。まだ帰らないのかと言っているようだ。父さんが恋しいのか、ルールやマッチングを好む自閉症児にとって、いるべき人がいないことが気になるだけなのか。

オカアサンという言葉は言えないのかと思ったら、

「母さんがいないときはオカアサンを連発しているよ」

と父さんがいう。

ダイが修学旅行でいないときは、ダイチャンと言うかと思いきや、ダの字もない。

「ダイちゃん、いないねー」

と、話しかけても無視。

そんな航がダイのことを絶対的に認めているのは「食」関係だ。航は、離乳食のころから人の手から物を食べるのを嫌っていた。いまもちょっとした食べ物を直接口に入れてやろうとすると嫌う。何か食べるときも、新品を好む。次々新しいのを開けようとするから戦いになる。それなのに、ダイがちぎって（それもかなり汚く）渡すものはたいてい食べるし、口をあけて入れてもらうときがある。いただきもののお菓子を航にすすめたら、いらないと言っていたくせに、ダイが、

「うまっ」

と言うと、走っていって、分けてくれと迫っている。

不思議な二人だと思う。そこへ洋平が加わると、さらにルールが発生する。洋平が帰宅したとき、私がどんなに手をかけても、航は嫉妬しない。そっと見ている。洋平だけにケーキを食べさせたときも、ほしがらなかった。洋平には食べることのできな

いおまんじゅうとかが、そっと枕元に置いてあることもある。家にいないことが多いのに、お客様ではなく、家族だとわかっているような気がする。

子どもたちは小さかったころ、私の弟にまとわりついていた。抱き上げられ乱暴に振り回されるのが楽しいのだ。弟を見上げていたダイと航がいまは弟を見下ろしている。弟の長男がダイに近寄ってきて「オニイチャン」と見上げる。ダイはどうしたらいいのかわからなくて逃げてしまう。時の流れの不思議を感じる。

一人っ子は一人っ子で、それはそれですてきな世界がそこにあるのだと思う。兄弟がいたらいたで、やはりそのすてきな世界があるのだと思う。それも、その兄弟ごとにすてきの種類はぜんぜん違うのだと思う。そして、本人たちはそのすてきさに気づいてないことも多いのだろう。

兄弟の数だけ、兄弟の形がある。

戦争に想う

子どものころ、戦争の話を聞くたびに、

「お父さんが戦争に行ってしまったらどうしよう」

と怖かった。

結婚してからは、夫に赤紙が来る恐怖が想像できて、あの時代でなくてよかったと現在に感謝した。

子どもが生まれてからは、この先ずっと平和が続くようにと、願いは祈りになった。

戦争中のモノクロの映像のなかで、翼が折れ海へと落ちていく戦闘機を見ると、あの中にいるのがダイだったらと想像し、怖くなる。子どもを守らねばならないのは幼いころだけだと思っていたけど、見上げるように大きくなっても母親はいつまでも子どもを守ろうとしてしまう。

戦争物のドラマを見ていたら、わが子の戦死を知った母親が、

「もう一度だけでいいから会いたい」

と言うシーンがあった。

「一度だけでいいから」

そういうフレーズ、私も繰り返し思ったな。洋平の障害のない姿を一目でいいから見たい。どんな姿で立ち、どんな動きをし、どんな笑顔を浮かべるのだろう。その一目のためならどんな努力もできる気がした。

でも。ないものを見たいというのと、たしかにそこにあったのに、なくなってしまったものをもう一度見たいというのとは、ぜんぜん違う。後者は血を吐くほどの強い願いだ。

もし、子どもたちが戦争に行って帰ってこなかったら。私も、あと一度でもいいから会いたいって思うだろうな。

その、「一度」のなかで私は何をするのだろう。

航のにおいをかぎたいって思うだろうな。私より十センチも背が高くなったくせに、

まだそっとそばに寄って来る航のにおい。そしてたどたどしい歌声をもう一度聞きたいって思うだろうな。思いきり抱きしめるだろうな。

ダイの場合は、その姿をただ見ていたいな。そして、うんとごちそうして、うれしいときの「おっ」という短い声を聞きたいだろうな。

洋平の白いひんやりとした手の感触。私の子どもだと実感できる指や爪の形。そっと唇をあててその温度を感じていたいだろうな。

病気でも事故でもなく、その大切なものがたくさん消えていった時代があることを忘れてはいけない。私たちは、いま、目の前に大切な者がいてくれることに感謝しなくてはいけない。

先生

子ども三人。巡り合った先生の数は相当な数になる。

教師という仕事がほかの職業と違う点があるとしたら、それは出会いをずっと記憶しないといけないことかもしれない。

大人同士の出会いは、万一、次に出会ったときに相手を忘れていたとしても、どうにかできる。でも子どもたちにはごまかしはきかない。しかも、担任したときから日々成長し、姿を変えていってしまう。子どもにとってはその年齢のとき、巡り合ったたった一人の担任である。子どもは絶対忘れない。

私は私自身の小学校時代の担任の先生と年賀状のやりとりをずっと続けている。その先生が、『さんさんさん』を読んで電話をくださった。私が昔描いた絵について、思い出話をされた。その共通の記憶がうれしかった。覚えていてもらうだけで、過去と現在の私、両方を抱きしめてもらったような気がするのだ。たとえ四十代半ばになっても。

洋平のように重度な障害を持っていても、自分の先生のことは忘れていないと思う。高等部を卒業して学校に通わなくなり、洋平はがっくりときてしまった。それほど学校が大好きだったのだ。どんな重度の子にも学校は必要。そして、たくさんのすてきな先生と巡り合う権利がある。

親にとっても、担任の先生は、わが子を成長させてくれる師という存在だけではない。少なくとも私にとっては、子どもたちが卒業してしまったあとも、ずっとずっと大切な存在だ。

先生には、次々と向かい合わねばならない子どもたちが待っているというのに、私はいつまでも頼りすぎかもしれない。ちょっとした成長を見せたといっては元担任の先生たちに聞いてもらいたくなる。進路についてもいちいち報告したくなる。

わが子のことを「かわいい」と感じてくれる人が身内以外に存在することが心を支えてくれる。

航の小学校時代の家庭教師の先生は、いまは、神戸で障害児学級の先生をしている。

年数回、車をとばして会いに来てくれる。

私が数ヵ月分の出来事を話している間も目は航から離さない。

「かわいいなあ」

を連発する。おかしいんじゃないかと心配しつつ、えらくうれしい。もうすぐ遠距離恋愛を実らせて結婚、広島で教師をすると言う。ますます頼っちゃうよ、私。

ある日、家族でドライブしながら、私は助手席で原稿を組み立てていた。教職員組合から講演を頼まれていたので、その原稿だった（「講演」というほどえらそうなことができる私ではないけれど。「大人数の前でする一人雑談」って感じだ）。

ちょうどダイの小学校低学年時代の校長先生、三年生四年生の担任の先生の思い出について書いていたときだった。呉からずいぶん離れた、野菜が安いので有名な道の駅に着いた。ちょっと買い物しようと野菜売り場に入ったら、そこにその校長先生、元担任の先生二名、その他ゆかりのある先生たちがいらっしゃるではないか。

お互いに、

「何しよるん」

と言い合いながら（野菜買いよるに決まっている）、自分の超能力に驚いた。

「大きくなって」

と、ダイと航（航ともゆかりある先生たちなので）を見つめられる目の奥で、思い出というカレンダーが、パタパタパタパタと音をたてて時をさかのぼっていっているのを感じた。

共通の記憶がうれしくて、そして、もうあのころに戻れないことが切なかった。

久々の一家5人の写真。
洋平、高校2年生。学校の玄関で、
先生に撮ってもらいました。

メール

母子手帳の発達記録の欄は、「くびはすわりましたか」「ねがえりはしますか」などからはじまる。洋平は、どれも記録を残せないままだ。いまだに何もできない。

いまの私なら、

「何もできない。それがどうした」

と母子手帳に記入しそうだ。

だけど、当時の私は弱かった。生後十カ月のとき体験した母子入園という泊まり込みの訓練では、訓練しても訓練しても何も変わらないのがつらかった（そもそもすぐに結果が出るわけないんだが）。

訓練よりつらかったのは遊びの時間だ。歌もシャボン玉も毛布ブランコも何一つ喜ばない洋平とどう接したらいいのかわからなくなる。遊んでやればやるほど、つらくなる。ほかの子が喜んでいるのを見るとよけいにつらくなる。洋平は重度心身障害者施設に入所し、特別支援学校に通い、洋平がどんなに反応しなくても一人前の扱いをちゃんと受け、洋平は洋平になっていった。

洋平を育てたのは私じゃない。

それなのに、頻繁に会いに行くわけでもない私のことを親として認識しているのか、会いに行くと表情を変える。私が一生懸命育てていたころ、洋平は反応などしない子だったけれど、そのときからちゃんと聞いて感じて「これがボクの親かー」と思っていたってことだ。

悪かった洋平。私は返事のこない手紙を書くことに疲れて、手紙を書くことをやめてしまっていたのかもしれない。手紙はちゃんとキミに届いていたのに。

私は返事を待つことではなく、手紙を書く相手のいる幸せに気づき、手紙を書くこと自体を楽しめばよかったんだよね。

そのぶん、いま、うんと声をかけてやればいいのに、なかなか洋平とすごせない。平日会いに行けば、航の帰宅時間までに帰ろうとすると、けっこう忙しい。休日はダイか航の行事が多く、まただれかがかぜでもひいていれば、体の弱い子の多い病棟には入らないほうがいい。洋平はいつも我慢だ。

まだ三人とも幼いとき、動物園に行き、着くなり、ダイと航が反対方向に走り出し、父さんがダイ、私が航を追いかけて、バギーに乗った洋平はその場に置き去りになったことがある。ほんの数分だったけど、どんなに不安だっただろう。

自宅に連れて帰れば、吸引・注入・酸素の用意に追われ、あっという間に一日が終わる。

リハビリセンターには整形外科はあるが、小児外科はない。これまでに、胃液逆流治療のための手術、胃ろうを作るための手術、睾丸捻転（こうがんねんてん）を治すための手術、気管切開、腸閉塞（ちょうへいそく）治療……。手術と治療の間は転院することになる。その病院に事情を説明し、航が学校に行っている間だけの付き添いだが、そのときばかりはいつになく、ゆっくり洋平とすごせる。

付き添いはつらい。退院し、リハビリセンター内の施設に帰れる日が待ち遠しい。だけど、退院日、園の大型車で帰って行く洋平を病院の入り口で見送ると、ホッとすると同時に、支えをなくしたように不安定になる。洋平の息づかいや気配がもうそばにないことが怖くて、そのへんを歩いている見知らぬ親子連れにあたりちらしたくなる。

洋平の心に直接届くメールがあればいいのに。

家事の合間や、きれいな空を見たときや、風が季節を運んできたことを感じたときに、

「元気？」

って、送れるメールがあったらいいのに。もう返信なんて望まないから。

洋平のためになんにもしてやれてない私はただ、朝のテレビの星座占いの射手座の結果と東広島の天気予報だけは見る。

今日もいい天気だね、洋平。

分かれ道

ダイの高校を選ぶときは、ひたすら学校を見て回った。行事のとき、そして普通のとき。納得して決めたのは、自宅から駅三つ先にある私立の男子校だった。生徒たちの表情がとても明るく楽しそうだった。

三年後に就職を考えるなら、機械科だ。普通科には、特別進学コースと進学コースしかない。でも、ダイに機械科で大丈夫なのだろうか。うっかりというレベルではないうっかりがある子だ。雨の日にかさを忘れる、服を着たままプールへとびこむ。機械科ではケガをしそう。でも、普通科だと、学校に就職のお世話はしてもらえない。

迷っていたが、ダイが、

「僕は普通科に行きたい。数学や地理をまだ勉強したい」

と言ったので、決まった。三年後、就職で苦労しようとも、三年間の幸せを選ぼう。

この高校は、規則は厳しいし、最近は勉強に力を入れている。厳しすぎる校則を嫌う保護者もいたが、うちはかまわなかった。ダイは、きっぱりとルールがあり、それを守るのがあたりまえの世界のほうが楽みたいだからだ。

ダイよりあとの学年は制服のモデルチェンジがあったから、その制服については知らないけれど、ダイの制服のシャツには、背中の裾部分に「シャツをだしません」とプリントしてある。はじめて見たときは笑いころげた。普通の子どもに規則を守らせるテクニックは、自閉症児への配慮にもどこか似ていた。

入学して、補習の多さに驚いた。ある時、先生に、

「音楽の先生から、ダイくんにリコーダーの補習をしてもいいかと相談されました。吹けないのに吹いたふりをして授業時間をすごすのはもったいないって。練習してみてどうしても吹けなかったら、みんなとはまるきり違う楽器を一人だけやらせてもいいですかとも言われてました」

お願いします。ああ。これが学校だ。ふとダイが中学のころのことを思い出した。

「何もわからない授業をじっと聞くのも心の鍛錬です」

勉強が遅れている子について、そう話す先生がいた。あのときの納得いかないもや

もやを、晴らしてもらった気がした。

ダイは普通科で勉強をがんばった。高校生活に親子とも不満はなかった。

「ダイくんはなんの問題もない」

と言ってくださる先生がいたから、おおいに期待して、全試合全校応援の高校野球地区予選を見に行ったら(ダイは応援団に入ったのだ)、どの生徒よりヘロヘロしているし、先生が心配そうにそばにつきっきりだ。なんだ、思いっきり手がかかっているじゃん……と、ちょっとがっかりしながらも、「手がかかること」が「問題あること」とイコールではない学校の考えかたがうれしかった。

そんな高校生活も三年生になると、本格的に進路を考えなければならない。

機械科なら企業実習もあり、早くから働くことをイメージできる。特別支援学校の生徒たちも、一般就労を希望する子は実習を経験するし、授業内容も就労を意識したものになる。一方、ダイは就職に直接結びつく勉強をしていない。まわりのクラスメートは全員進学希望。ダイの心は揺れていた。

大学説明会に足を運ぶダイ。

ダイ、まわりに流されてない？　本当に勉強したいことはあるの？　大学の単位の取りかた、わかる？　クラスの結びつきは高校のようにはないぞ。担任の先生だって学校生活全部に目配りしてくれないよ。論文は書けるの？

ダイに大学以外の学校も見せてみた。就職の体験は、障害者施設や広島大学でさせていただいた。ダイは考え抜いて、クラスでたった一人、就職することに心を決めた。障害者就業・生活支援センター、障害者職業センター、広島発達障害者支援センター、ハローワーク……。様々な人に力になっていただいて、就職に向かって歩きはじめた。

私の弟が仕事でよく訪れる企業が、ダイの高校の近くにある。呉で創業された会社で、世界的にも有名だ。そこでは障害ある人も働いていて、管理職のかたもその一人一人のことをよく理解してくださっているという。そういう弟と私の世間話を、聞いてないようで聞いているのがダイだ。ダイにとって第一希望はその企業になった。

「落ちた時のことを考えるように」とハローワークでアドバイスをもらいながら、ダイの答えは、

「どうしても行きたい」

今回は迷いがなかった。

内定をいただいた。親子で大喜びして、それから慌てた。ダイはちゃんと迷惑にならないよう働けるのだろうか。

小学校の低学年のころ、校長先生に言われたことがある。

「どうやったら、大人になったときに働いてお金を得る力が一番ついているか……を考えて、進路を選択していくといいですね」

小学校四年生の担任の先生は、ダイが百点とったとき、大喜びで、

「この子は普通学級でいいんだよね」

と、まわりの先生に話されたという。でも、その後、障害児学級の担任をされ、少人数をていねいに指導することで、子どもたちが苦手なことを克服していく姿や、生きて行くうえで必要な力をつけていく様子を目にされ、やがて、ダイが本当に普通学級でよかったのか、考え込まれたという。

選択する道によって、体験することが違う。成長する部分が違う。負担も違う。

私はダイが普通学級にいてくれたから、「普通」の世界も見ることができた。洋平

は特別支援学校。航は特別支援学級。三つの世界を見ることができて私は楽しかった。

でも、ダイは？

もし、支援学級を選択していたら、もっと能力を高めることができたかもしれない。普通学級ですごしたから、普通の人たちとのややこしい日常をすごす力がついて、勉強をがんばることで思考力を強め、自分に自信が持てたのかもしれない。どちらがよかったかなんてわからない。選んだ道以外の人生を見ることはできないのだから。

ダイ。ダイが選んだ「働く」という道。これからはこの道を懸命にていねいに歩んで行こうね。

運命の出逢い

一九七五年のカープ初優勝の瞬間、どこにいたか。そんな会話を父さんとしていて驚いた。すぐ近くにいた。私は中学受験のための塾にむかっていて、大学受験準備中の父さんも、やはり広島市内の同じあたりにいた。お互いの自宅は大きく離れているというのに、その瞬間、すれ違っていたのかもしれない。

それはとても運命的な気がして、

「不思議だねー」

と言うと、

「そのころつきあっていたら、犯罪だったな」

……そこかい。

人と人の出逢(であ)いなんて、いくらでも「運命」でくることができるけど、呉市に住みはじめて、自分の「運命」は、ちょっとフツーじゃないって思いはじめた。いや、呉の場合、普通なのかもしれないけれど。新しく知り合いになった人には、たいてい共通の知人がいるのだ。呉は小さな市だ。とはいえ、人口は二十五万人近い。それなりに人間はいると思うのだが……。

新婚のころ、社宅の隣に住んでいた小さな女の子が、のちに友人の子どもの幼稚園の先生になっていたり、小学生だったダイに通学路でいつも声をかけてくださったお店の人が、のちの友人のお母さんだったり。小学校でお世話になった校長先生が、友人のご近所さんで、不思議なその縁で、友人の小学生の娘がぞろぞろと十人ばかし友だちを引き連れてその校長先生宅へあがりこむようになっていたり……。

障害児者サークル「ゆうゆう」で、借りたいと思う建物の持ち主に直接お願いに行ったことがある。縁もゆかりもない者がいきなり図々(ずうずう)しいお願いに行ってびっくりされたことだろう。だけど後から後から「縁」が出てくる。ゆうゆうメンバーたちが、

「その人のご自宅、うちの近所だわ」

「私の同僚のご主人が、その人のご主人とバンド仲間だったらしいの」

「亡くなられたご主人、うちの母の店によく来られていたの」

そして、父さんまで、

「一緒に仕事したことあるよ」

……はよ言わんかいっ。


呉に住みはじめて二十年を超えた。自分ではたいして変わったつもりもなかったのに、鏡と昔の写真を見くらべて愕然(がくぜん)とする。しわがふえた。体重がふえた。たるんでくたびれた。だけど、その日々がつくり出した人の縁が網目のようにひろがったのだと思ったら、年をとるのもそう悪くない。

呉に住みはじめたばかりのころは、広島の街と友人が恋しくてたまらなかった。あまりにしょっちゅう出かけて行くから、父さんが、定期券を買ってくれようとしたほどだ。いまは呉でいい。呉がいい。

航の障害がわかってショックを受けたとき、同じようにつらさを乗り越えている仲間がそばにいた。苦しみをなぐさめあっていたはずなのに、気づいたら笑いあっている。最近は、親や子の奇行は一斉送信メールで仲間にひろがり、笑いのネタになる。

「あんたらは悲惨な話を笑いにしすぎる」

と言われたことがある。悲惨、なんだろうか？　最近は事件がおこるたびに、笑ってくれる仲間の顔が浮かぶ。私も笑いたくなる。

「あんたら、言いたい放題じゃねー」

とよく言われる。全然自覚がなかった。いつのまにこんな私になった？

洋平が赤ん坊のころ、病院のスタッフと父さん以外とは会話のない日々が続いていた。当時住んでいた場所のすぐそばに、「ゆうゆう」の仲間たちは住んでいたというのに。あのころ、つらさを笑いに変えることができたら、どんなに幸せだったろう。

巡り合うべき人と巡り合えていないつらい時期……、それが、出会ったときの喜びを倍増させるのかもしれない。いま、なにげなくすれ違った人も、この先、すごく大切な人として出会うことになるかもしれない。そう思うと、すべての人が愛しく思えてくる。

もし過去に戻れたとしても、私は同じ人生を歩むだろう。これまで会えてきた人に必ず会うために。

ま、いっか

洋平が二十歳になるので、必要な書類を書くために、古い日記を引っ張り出してみた。結婚してからずっと一行日記をつけている。必要なことを調べたあとも、つい日記を読みふけってしまった。

二十年前の洋平の様子が、小さな変化まで細かに書いてある。感情は一切書かれていないのに、不安や喜びが伝わってくる。

いまは、洋平に必要な医療行為もふえ、すっかり療育園にまかせきりの私。昔の、体力こそいまよりうんとあったけど、うんと未熟だった私は、うんと懸命に洋平を育てていたんだな。大丈夫だよ、二十年前の私。洋平はちゃんと成人を迎える。

それから、日記を読み進めていくと、ダイがしゃべれるようになった言葉を全部メモしている。言葉のふえ方が遅いと、不安がっている。大丈夫だよ、十数年前の私。このあとダイは、お笑い番組で日本語覚えて、いやというほど、わけわからないことしゃべるようになるから。見張っていなくても、地球の裏側まで走っていかなくなるから。

やがて日記に航が登場。航も障害があるのではないかって心配している。大丈夫。あるよ、障害。だけど、それがどうした。どうってことない。

忙しくて、いつもくたくただったよね。心配するな。もっと忙しくなる。だから、「時間ができたら」なんて思うな。やろうと思ったとき、動け。大丈夫。どうにか時間つくる能力だけはアップしていくから。

引き出しや押し入れに「いつか使おう」って、大事なものをため込むくせのあった私。使わないまま古ぼけ無用なものになる。物も想いもためないこと。使う。動く。

自分自身のことで選択しなくてはならない場面では、より動くほうを選択しろ。動くってことは出会う人の数も、もらえる言葉の数も、ふえるはずだから。

「母から子への手紙」で大賞に選ばれたとき、表彰のために猪苗代まで行くことにずいぶん迷った。呉を七時に出て、到着十六時すぎだもの。でも、一家で行く選択をしてよかった。猪苗代で知り合ったあたたかな人たちとまだつながっている。あのとき、芥川賞作家の玄侑宗久先生からいただいた言葉が、いまの私を作る基礎になっている。幼いときからきっといつかは書くことを仕事にしたいって思っていたけれど、その想いにちゃんと向き合おうって思えたのは、あのとき猪苗代に行ったからだ。

動こう。たくさんの人に出会おう。

でも、うんと疲れたり、乗り越えられないほどの山にぶつかったときはちょっと立ち止まろう。何もできなくて、世の中からおいてけぼりになりそうでも、

「ま、いっか」

って、ちょっと膝を抱えて座っていよう。遠回りも休憩もきっと意味がある。

成人

成人式の休日からおよそ一週間後、場所は西条にある洋平の園。

一時十五分。ドタバタと洋平の病室に私たち四人が到着すると、十五分後にはじまる式に備えて、洋平はスーツに着替え終えていた。

私たちの行動はいつもこうだ。大切な日もぎりぎりまでドタバタしてしまう。そんな私たちを洋平は余裕ある笑みを浮かべて待っていてくれた。


「成人を祝う会」がはじまった。

園のメンバーで、今年成人を迎えるのは洋平だけだ。会場のデイルームに一家五人、しずしずと入場する。仲間たち、スタッフの皆さん、保護者の皆さんが作ってくださった花道を進み、座位保持装置の洋平をまんなかに、五人並んでみんなのほうを向いて座った。

園長先生、育成課長、看護師長、泣きながらお祝いの言葉をくださる。私は号泣するだろうなと思っていたけど、涙が出ない。横で航が「かゆーい」とか「おしっこー」とか言っているからだ。

洋平の二十年間の歩みのスライドを見るために、後ろを向いた。みんなに背中を向けられるようになって、あらためて服装チェックすると(遅いって)、私のスーツのスカートのファスナーが全部全開。航のズボンのファスナーも全開。洋平の向こうにいる父さんとダイの二人も全開なんじゃないだろうか、と、父さんを見ると、スライドの世界に入りきっている。

「父さん、父さん」

小声で呼ぶ。

「プログラム見てごらん。次、保護者あいさつだって」

「え？　そんなのあるって、わし聞いてない」

「私だって聞いてないわよ。がんばってね」

まずまずの父さんのあいさつが終わり、フルートとピアノのミニコンサート。さて

いよいよ終わりってときに、育成課長が、

「最後に……」

と、朗読をはじめられたのは、「父さんから洋平への手紙」だ。十九年前、父さんが洋平に書いていた手紙を、私が「バルーン」「わたしの赤ちゃん」という妊娠・育児雑誌が募集していたエッセイ大賞に応募して、入選したものだった。多くの人に読んでもらったことで、いっそう私たちの支えになった手紙だ。「書く」ということはどこかにつながっていけるんだと、気づけたのもこの手紙だ。当時、雑誌や、雑誌のコピーをあちこちに配った。それをずっと持っていてくださったのだ。

感動の中、式が終わり、退場。父さんは、洋平を忘れて、一人でずんずん退場しかけた。

「おおっ、忘れてた」

戻ってきて、洋平の座位保持装置を押しながら退場。涙の式が、笑いで閉まった。

ベッドに戻ってからも、洋平は目をぱっちり開けて、ずっと笑みを浮かべていた。

「ゆうべは『夜勤』したのにね」

と、看護師さん。

洋平はときどき、昼夜逆転させてしまうのだ。夜中眠らなかったことを「夜勤」と名づけている。前夜の夜勤の原因は、「興奮」らしい。プレッシャーをかければかけるほどがんばれる洋平なので、みんなから、

「土曜日は、成人を祝う会じゃけえね。絶対元気でいるんよ」

と、言い続けられたみたい。

一晩中起きていたので、肝心の本番で寝てしまうのではないかと心配したが、目はぱっちり開いたままだった。真剣に話を聞いていた。笑みもずっと浮かんでいた。みんなにお祝いの言葉をもらうのが、洋平にとっても、こんなにもうれしいのだと、驚いた。

その一週間前、テレビのニュース番組は全国の成人式の様子を放送していた。

久々に、

「洋平に障害がなかったら、どんな姿で……」

と、最近はちっとも思うことのなかった「ホントウだったら」を想像して、テレビのなかの二十歳たちを見つめた。

そのとき感じたのは、洋平との骨格の違いだ。

なんて伸びやかで、健やかで、力強い体なんだろう……。

いまさらそんなこと。うちにも健やかで立派な体格の十八歳（ダイ）がいるから、いつだって比べることはできるのに。でも、うちの十八歳と二十歳は、私にとって違う。洋平と同じ年齢の子の「健康」は、いつまでたっても憧れなのだ。テレビのなかで二十歳たちは楽しそうだ。晴れ着を楽しみ、仲間と騒ぎ、今日一日、はしゃいですごすのだろう。

「健康な体に産んであげられなくてごめんね」

言ってもしかたないことは言わない。思ってもしかたないことは思わない。なのに、成人の日、久々につぶやいた。

でも、「成人を祝う会」での洋平のうれしそうな様子は、彼らに負けてなかった。ベッドに戻ってしばらくすると、うとうとしはじめたが、だれかが祝いの言葉を言いにくると、パチッと起きる。言葉そのものの意味はあまりわからなくても、その奥にある想いを洋平は読めるのだと思う。「お祝いの心」を百パーセント逃さず、受け止めることができるのだと思う。うれしくてたまらない笑顔だった。

退職した看護師さんも来てくださっていた。あまり食べることのできない洋平に香りつきリップと味つきデンタルリンスのプレゼント。元担任の先生からはお花が届いていた。みんなのなかで、主役な一日が、うれしくて、こそばゆかった。

「感動の一日、父さんが退場のとき、洋平を忘れたのはちょっとしたアクセントになったよね」

と笑っていたのだけど、その後、集合写真を見て、ゲッ……。私、太ったのね。おなかが出たぶんスカートが短くなって、椅子に座った姿はパンツが見えそう……うう、見苦しい。わが家の行事は、感動だけで終わった試しがない……。

父さんから二十歳になった洋平への手紙

洋平。二十歳おめでとう。

元気に成人を迎えることができて、本当に良かった。

君が生まれたとき、まだ若かったのんきな父さんは、君がこれから直面する深刻な困難を想像できてなかった。君が一歳のときに父さんが書いた手紙、いま読み返すとちょっと恥ずかしい。

でも、君への想いはあのころのままだよ。


洋平。君は赤ちゃんのころ、しょっちゅう肺炎になったんだよ。

母さんは毎日あきれるくらい君の体温を測っていた。君が体調を崩すのが怖くてしょうがなかったみたいだ。

ダイが生まれてからは、ダイをおんぶ、君を抱っこして病院にかけ込んでいたね。母さん、よくがんばっていたよ。

肺炎を繰り返す君の肺のレントゲン写真には消えない白い影がいつも映っていた。それを見るたび、父さんたちは自分の胸も痛くなるような気がしたよ。

若草療育園への入所が決まって、母さんはほっとしていた。これで君はいまよりずっと健康になるって、うれしそうだった。

でも、君がときどき家に帰ってきて、また園に戻っていったあと、君の布団やパジャマをさびしそうに見つめていたよ。

ちっちゃなときから、遠くに行かせてしまって、ごめんな。

さびしかったか？　毎日そばにいてやれなくてすまなかったな。でもな、君を愛してくれる人がいっぱいふえたことは、お得だったぞ。

胃液の逆流を防ぐ手術と胃ろうを作る手術が一番大きな手術だったね。十時に手術室へ行って、病室に帰ってきたのは十九時だもの。心配したぞ。小児外科のある病院に転院しての手術だったから、入院中は母さんが付き添ったね。会社が休みの日は父さんが付き添った。二ヵ月入院したね。この間、君とたくさんの話をしたように思う。

不思議なんだ。君のケアのために、夜中何度か起きないといけなかっただろ？いつも「父さん、父さん」って声に起こされたような気がするんだ。あれは夢だったのか、本当に君の声だったのか。

声で目覚めて、簡易ベッドから起き上がると、君が助けを求めるような目をして、父さんを見ているんだ。

真夜中の静かな病室で二人っきり。父さんがしっかり目を覚ますと、君はもう何も言わないんだ。ただじっと父さんを見ていたね。父さんの言葉にじっと耳をかたむけていたね。

洋平。父さんは君のためにいったいどれだけのことができただろうか。

いつもは園にまかせっきり。入院（転院）したときの付き添いと、帰宅したときのケア……最近、君のためにできたのはそれだけかな？

昔はよく二人っきりでドライブしたのにね。オムツとミルク持ってさ、二人で海を見に行ったりしたよな。なかなか帰ってこないから、母さん心配してずいぶん怒ったよな。

旅行を計画したこともあった。けれど、君は行けなくなって、君以外のメンバーで行ったら、道が大渋滞。健康な父さんたちですら、ぐったりきてさ、君をこんな目にあわせられないって思ったよ。

それからは旅行の計画をたてるのが怖くなったんだ。

君の旅行体験は修学旅行だけ。毎回大喜びだったね。中学のときは直前に骨折して、ギプスをはめたままベッドに乗って行ったよな。

「洋平君がどうしても行きたいと笑顔で訴えるんです。連れて行ってやらなくちゃ」

先生がたの言葉、ありがたかったね。

高等部の修学旅行では園長先生（主治医の先生）や看護師さんもついていってくださったね。

園も学校も、君にたくさんの経験をさせてくれた。でも父さんは、ときどき君のベッドサイドに座るだけだ。君に必要な医療行為はどんどんふえていく。父さんも吸引と注入くらいはできるだろ。でも、それ以上は怖いんだ。実は着替えもちょっとどきどきする。君のかたい体が、音をたてただけで、骨折じゃないかと心臓が止まりそうになるんだ。

君が無事成人できたのは、園のスタッフの皆さんのおかげだ。

転院先の看護師さんに言われたことがあるだろ、

「きれいな歯ですね。とてもよく手入れされていますね。お母さんすごいですね」

って。母さんは、私じゃないんですって笑ってたね。

「褥瘡（床ずれ）がぜんぜんないですね」それにきれいな目。この目は汚い物を一度も見てないんだわって、みんなで言っていたんですよ」

とも言われたね。そうだね。君のそばには、いつも君を想う者だけがいたよ。君の目はきれいなものしか見てない。

園の皆さんや学校の先生たち、転院先の皆さん、君はいろんなかたに支えられてきた。

それだけじゃない。君にほとんど会うことはなくても、君のことを想っている人はいっぱいいるんだよ。じいちゃん、ばあちゃん、おじちゃん、おばちゃん、親戚のみんな、父さんと母さんの友だち。うれしいね。

このまえさ、じいちゃん、ばあちゃんが久々に君に会いに行ったろ。

実はね、じいちゃんたち、体調良さそうだったし、父さんも予定があいたから、たまには親孝行しようと思ってさ、

「行きたいところない？」

って聞いたんだよ。山にでもドライブに行こうと思ってさ。

そしたらね、一番行きたいところは、

「洋平のところ」

だってさ。だから連れていったんだよ。

久々に会う君が笑顔を浮かべたって、喜んでいたよ。

あのな、洋平。笑うなよ。

「洋平が二十歳を迎えたら……」

って、父さん楽しみにしていたことが一つあるんだ。

それは……君からもらう「仕送り」。

なんじゃそりゃ？って、笑っただろ。いいさ。笑え。
父さんな、君のことを、一生支えないといけないって思っていたんだ。
金銭的にね。でも、二十歳をすぎたら、君は自分で自分にかかる費用を
払うようになるらしいんだ。
最近の「財政再建、障壁なき改革」ってやつで、障害者は金銭的に追い
つめられた。でも政権交代もしたし、自立支援法を見直すらしいから、
この先どうなるかわからない。きっといい方向に向かうと信じている。
君は君を自分で養う。万一お金に余裕がでたら（難しいかもなぁ）、父
さんは君の後見人として、そのお金を預かる。
それってさ、普通の親子みたいだよな。

普通の人とはぜんぜん違う子育てが二十年前スタートした。
でも、ゴールは一緒じゃないか。

父さんたちは永遠に君の親だ。君は永遠に父さんたちの子どもだ。
でも、父さんたちの「子育て」はここで一段落。
だって君は、もう「子ども」ではない。「大人」なんだもの。
永遠に支える。永遠に頼れ。ただ、父さんは君が金銭的に自立するとい
う区切りが、なんだかうれしいんだ。
お金がうれしいんじゃない。なんかそのぉ、君が大人になったっていう
感じがうれしいんだ。それを短く言うと、
「仕送りがうれしい」
口べたな父さんが言うとそうなる。
「え？　洋平からお金なんてとらないでね！」
母さんがにらむ。
君はこんな父さんと母さんの会話が大好きだよね。
意味がわかっているかのようにおかしそうに笑みを浮かべるよね。

洋平。父さんな、いまだから言えるが、君は成人できないかもしれないって覚悟を決めたときもあったんだ。

君が無事二十歳を迎えられそうだと思えるようになってからは、君より一日でも長く生きて、君のこと、ずっと支えなきゃ、って思っていた。どっちの考えもやめた。

君は父さんよりずっと長く生きろ。

「成人を祝う会」、楽しみだな。次に年齢を祝ってもらえるのは、還暦だぞ。めざせ還暦。生きろ。洋平。

生きろ。生きろ。生きろ。洋平。


洋平。楽しい二十年間をありがとう。

これからもよろしく。

二〇〇九年十二月　佐々木博之

成人おめでとう

洋平の死

この本の原稿のほとんどを書き終えたのは平成二十一年の初夏だったけれど、父さんに「二十歳になった洋平への手紙」を書いてもらって入れたかったので、洋平の成人を待って原稿をしめることにした。

十二月、洋平は二十歳になり、父さんは手紙を書いた。一月十六日の「成人を祝う会」のあとで読んでやるつもりだったのに、洋平のベッドのまわりにはスタッフがいて、ちょっと恥ずかしかったものだから、

「また今度」

って、ことにした。

「成人を祝う会」のあと、主治医の先生に、ケーキを食べさせていいか聞いてみた。

「少しなら」

許可を得て、クーラーバッグから出したのは、コンビニのケーキ。私はこれに、はまっていて、ケーキ屋のよりおいしいとさえ思うのだけど、洋平は、これは違うと言いたげに、複雑な顔をした。

「もうっ。じゃあ、今度来るとき、ケーキ屋のたかーいケーキ持ってきて食べさせてあげる」

その二つの約束は果たしてやれないままになってしまった。

成人をみんなに祝ってもらったちょうど一週間後。

外出中の私たちに、洋平の主治医からの電話がかかった。腸閉塞（ちょうへいそく）をおこしているかもしれないから、大学病院に転院するとのことだった。転院は慣れっこだったし、到着は昼すぎということで、私たちは用をすませ、腹ごしらえもすませ、病室に向かった。

洋平はいつもの洋平だった。おなかが張っていて、汗をかいていた。担当の先生がいまはいらっしゃらないということで、外科的治療方針はまだ決まっていなかった。点滴を受けていた。

出先から直接来たので、家から持ってこられなかった入院グッズを売店で買い、洋平のそばで、父さんと航と私は、まったりすごした。

「その前の腸閉塞の転院から、たった半年だよ。ペース速くない？　付き添い、けっこうたいへんなんだよー」

そんなことを言う私に、洋平はかすかに笑い返したような気がする。私は汗をふいてやる以外にしてやれることがなかった。

夕方六時になって、航の限界がきた。父さんと航だけ呉に帰らせて、私はもう少し残って、夜中帰ってもよかったのに、家のなかは朝出たままで、家事は山積みだったし、これから当分付き添いの日々かと思うと、私も一緒に帰ることにした。

「また明日（あした）来るからね」

そう言って、頭をなでて病室を出た。

どうして、私だけでも残らなかったんだろう。何十回も何百回も後で思った。

呉に着いてすぐ私の携帯が鳴った。病院からだった。

「急変したので、すぐ来てください」

私たちはまた病院に向かいながら、

「どうしたんだろ。外科の先生が来られて、手術をするのかもしれないね。その前のときは、胃ろうの穴からイレウス管を入れたら治ったけど、今回は切らないとだめなのかもしれないね。手術前にはいっぱいサインする書類があるもんね」

などと言っていた。入院が長引くだろうと、自宅にある入院グッズも車に積み込んで、大荷物だった。

病室に着くと、四〇・三度と表示された体温計だけが投げ出されていて、洋平のベッドは空だった。

ＩＣＵに行くと、人工呼吸器をつけた洋平の顔は私たちが知っている洋平の顔ではなかった。生きていることが感じられなかった。

「あのあと、体温が急に上がり、心停止。パジャマは切り裂かせてもらいました。心臓マッサージをして、動きはじめたんですが、呼吸は戻らず、人工呼吸器を使っています。四十分間脳に酸素が行っていませんから、厳しい状況です」

そう説明を受けても、そのときはまだ、洋平はあとどのくらいで目を覚ますんだろうと考えていた。

洋平のそばに椅子が三つ並べられた。

「植物状態でもいいです。きっとまた目を覚ますと思うんですよ」

「いえ。心臓ももう長くは動けないと思います。これ以上、無理やり動かすのはかわいそうですし、……それに……もう無理だと思います」

医師の説明の間、父さんが私の手を痛いくらい握っていた。

ゆっくりとバイタルの数値が落ちていく。それを見ながら、洋平の手首を握ると、トクトクと動いていた。いつもは苦しいことが多くて心拍数はかなり速いのに、ずいぶん静かにトクトクいっていた。

航が「おしっこ」と言うので、ついて行き、帰って来ると、父さんが、

「九時二十分だって」

と言った。洋平は逝ってしまった。奇跡はおこらなかった。

近い身内が死んだ経験のない私たち。

十一時に葬儀屋さんが迎えに来て、呉に帰ったのは0時。夕飯も食べてない航がつきあってくれているのが、奇跡だった。

通夜と葬儀は自宅から見える葬儀用の会館で、行うことにした。一睡もしないまま朝を迎え、ばたばたと用意をすませていく。

まるで夢のなかの出来事のようにふわふわと実感がない。「感情」というものを動かさないようにそっと機械的に考えて行動することにする。なのに、通夜の時間が近づくと、まず「感動」とか「感激」とかいった感情が私の胸を内側から叩きはじめた。驚くほど多くのかたが来てくださったから。

洋平は「成人を祝う会」で主役になれてあんなに喜んだのだから、また主役にしてやりたい。携帯に連絡先が入っている先生がたに連絡し、いろんな先生への連絡をお願いした。担任ではなかったけど、縁ある先生に連絡したら、すぐかけつけてくださった。園からも先生がたに連絡がいっていたらしく、たくさんの先生がたが来てくださった。

私の仲間たちもあちこち連絡してくれた。かけつけてくれたあまりになつかしい顔・顔・顔。航の小学校時代の校長先生が連絡を広げてくださり、小学校時代の先生たちもたくさん。航の中学校の先生や同級生や保護者のかたがた。ダイの高校の先生たちにPTAの役員仲間。航、ダイの保育所時代の先生たち。ご近所のかたたち。学生時代からの友人。呉の友人たち。「明日葉」の仲間。「ゆうゆう」の仲間は家族で来て、支えるかのようにすぐそばにいてくれる。

父さんの職場のかたたちも遠くから総出で来てくださった。

胸の中にあるのは、ただただ「ありがとう」だった。

つらいのは園のスタッフと会うことだった。笑顔なのに、私のひざは崩れそうになる。つい一週間前、うれし涙を流してくださった目が、私と同じように、悪い夢を見ているように揺れていた。スタッフの皆さんは洋平にとって親だったから、私がスタッフと向き合うことは、私自身の悲しみと向き合うことになる。感情の蓋が開きそうになる。心臓をつかんでいる熱いものが、とてつもなく大きな悲しみなのだと自覚しそうになる。

父さんが、泣かずに洋平を送ってやろうと言っていた。笑おう。なのに、まぶたが熱くなる。

通夜がはじまる前、一人ずつと話していたら、大行列ができた。会場の外にも多くの椅子が並べられた。洋平、すごいね。たくさんの人だね。

通夜の間、航は驚くほどいい子だった。式と名のつくものは十分が限度の子なのに。ダイはずっと泣いていた。前夜、航が眠ったのは二時。ダイは三時。二人とも、洋平の死を、彼らなりの感覚で受け止めていた。

私は、通夜が終わるとロビーでしゃべり続けた。一人ずつにありがとうが言いたかった。最後に残ったのが昔からの友人。……人と話しているときが一番救われた。

あとは葬儀。洋平、りっぱに送り出すからね。

園のスタッフが、園全体の寄せ書きや成人を祝う会の写真をパネルに貼ってくださった。私は小さいときからの写真を飾った。来られたかたに寄せ書きもしていただいた。洋平のそばには、友人に頼んで買ってきてもらったケーキ。あとは、何をしてあげられる？　洋平。

園からたくさんスタッフが来てくださっていて、洋平に話しかけている。深呼吸する。涙を抑える。

通夜のときは、お経がちゃんと聞こえていた。今日もちゃんとがんばろう。

ふと、本当にふと、いまごろになって気づいてしまった。命日は一月二十三日。「一二三」。とたんに周囲の音がなんにも聞こえなくなった。笑ってしまいそうになる。

洋平ったら。私たちが覚えやすいように、その日にしたんでしょ。

思い出すと、洋平の緊急入院は土日ばかりだった。土日だったから父さんとすぐにかけつけられた。今回も土曜日。大きな予定もなかった。いつもは用事をためがちな私が今回はためてなかった。洋平の成人の内祝いを、「成人を祝う会」の翌日には、すませていた。ダイと航の新しい靴を買ったり、金曜日には制服をきれいにしたりしていた。洋平のスーツまで、当分着る予定はないと思っていたのに、きれいにして、シャツにものりづけして、すぐにでも着られるようにしていた。それをいま、お棺のなかで洋平は着ている。「むしのしらせ」というやつなのだろうかと思っていたけど、この「一二三」を知ったとき、そこに洋平の意思を感じたのだ。まるであの日逝ってしまうことを知っていたかのようだ。

あの日、私たちが最初に病院に着いたとき、洋平はほっとした顔をした。私たちが痛みを取り除いてくれると思ったのか、それとも自分の死期を悟って、私たちが間に合ったことにホッとしたのか。

それなのに、私は帰ってしまった。意識が消える最後の瞬間にそばにいてやれなかった。それが私の苦しみだった。洋平はどんなに悲しんだだろう。孤独のなかで意識を失くさせてしまった。

でも、わかりやすい「一二三」……。洋平はもしかしたら、私たちがかけつけ、そして、帰ったあとに自分が死ぬことまでも、悟っていたのではないか。意識あるうちに必死に家族を見て、ほほえもうとしたのではないか。

あのまま、私が残っていたら、私は洋平の急変を見ただろう。それを私が耐えられないかもしれないことを、洋平はわかっていたのかもしれない。

葬儀はすすみ、いつの間にか、喪主あいさつになっていた。父さんが、洋平の「成人を祝う会」の様子と、死に至った状況を説明する。成人を祝う会はたった一週間前、亡くなったのは一昨日のことなのに、すでに遠いような、信じられないような気がする。

「洋平は手のかかる子でした。でも、その大きな体を抱きあげることは、私たちにとって幸せでした」

……本当にね。めっちゃ手がかかったよね。赤ちゃんのときは、一日八時間抱っこしたこともあったよね。しょっちゅう吐くから、私まで全身着替えを一日に何回もして、洗濯機は回りっぱなしだった。大きくなってからは、とにかく重たくってさ。もっと小さければよかったのにって、百回は文句言ったよね。

でもね、洋平。いまは、とにかく抱っこしたい。その重みをもう一回でもいいから感じたいよ。

「私たちは洋平を支えているつもりでしたが、実は支えられていたことを痛感しています」

……支えられていたというより、包まれていたのかもしれない。洋平の優しさを「植物のような優しさ」と表現したことがあるけど、本当にそうだ。植物がそっといい空気を作って私たちを包むように、私たちは洋平に包まれていた。花が、幼子に手折られても、それを許すように、洋平は母の至らなさも、ずるさも、みんな知って許してくれていたんではないだろうか。

それでもね、洋平、私はやっぱりあの日、そばにいてあげたかったよ。どんなにつらくても君の最期を見届けるべきだったよ。

「洋平。もうどこも痛くない。苦しくない。これからはどこにでも行ける」

……そうだね。ずっとどこかが痛かったよね。苦しかったよね。かゆいところも自分ではかけなかったよね。それでもほほえんでいたよね。

喪主あいさつが終わり、お別れの時間になった。ダイがだれよりたくさんお花をお棺に入れていたと後で聞いた。お棺には、ケーキや、カットされたメロンやぬいぐるみや、転院のたびにおともしてきたカエルのおもちゃや寄せ書きが入れられた。

そこからはあまり記憶がない。だれかが背中をなでてくれたのはわかっている。笑ってさようならしたいのに、もうこれで洋平に触れられなくなると思ったら、のどの奥から勝手に泣き声が出てしまっていた。

その週は父さんも仕事を休み、一緒にあいさつにまわったり、仏壇を買いに行ったりした。買い物をしていると、洋平の死をいつかは知らせなくっちゃと思っていた十数年も会ってない人に偶然ばったり出会ったりする。

この三人の子どもと生きていて、いつも感じるのは「縁」だ。人と人との縁がおどろくほど濃い人生なのだ。洋平の力なんだろうな。

今回お願いしたお寺さんもそうだ。呉に菩提寺はないので、友人のご実家のお寺さんにお願いした。夜中の電話に気持ち良く助けてくださった。住職さんは障害児学級の担任もされているのでお顔だけは知っていた。その奥様とは小学校の図書ボランティアを一緒にやったことがあるし、妹さんが友人。お母様は、縁があると気づく前から、いつも登下校中の航に優しく声をかけてくださっていたかただ。

多くの縁を大切にしないといけない。両親はもちろん、親戚たちにもいっぱい助けてもらった。昔は兄弟のようだったけど、いまは何年も会うことのない従兄弟たちにも助けてもらった。義妹夫婦、弟夫婦も走りまわらせてしまった。たくさんのかたが洋平を送ってくださったことを、ずっと大切に覚えておきたい。

都合のついたところだけでも、と、父さんとあいさつにまわる。私が仕事をしているダスキンのお店にあいさつに行ったとき、

「よかったね。佐々木さん、洋平くんにはどうしても二十歳を迎えさせてやるんだって、言っていたじゃない。ちゃんと二十歳になれてよかった。いつの日か、もしもの日がきたら、家から見えるあの場所で、葬儀をするって言っていたのも叶ったじゃない」

って、言われた。私って、そんなこと言っていたんだ……。そうか。そういえば二十歳二十歳って私よく言っていたっけ。

「成人を祝う会」の日、洋平がうれしそうなのは主役になれたのがうれしいのだと思っていた。でもあれは、私の願いを叶えられたことへの安堵と、自分への誇らしさだ

っちゃったんじゃないかな。

後から後から洋平の想いを想像しては、泣いたり笑ったりする。

お世話になった園にも、あいさつに行った。

「まんじゅうが好きな子だとお供えも楽なんでしょうけど、洋平はケーキでしょ。たいへんなんですよ。クーラーバッグに入れてお供えしなきゃ」

などと私が言い、笑いながら雑談をした。だけど、洋平がいつもいた部屋に入ると、もうだめだ。ベッドにはまだ新しい人は入ってなくて、まるで洋平がちょっとお風呂にでも行っているのかなと思えるようだ。薬や医療機器があった台にはきれいにお花がいけてあった。

「いっそ、だれか新しい人がここにいて、にこにこしていてくれたらよかったのに」

窓の外を見る。特別支援学校の校庭として使われていたこともある庭がひろがっている。何年か前、ひばりが地面に巣を作っていたのを見つけたことがある。掃き出し口から出てすぐのところにはクローバーが生えている。

七、八年前、洋平の体の機能がゆるやかな低下をはじめていることを主治医から知らされたとき、ここで四つ葉のクローバーを探した。見つからなかった。そんな私のためにたくさんの人が四つ葉のクローバーをくださったっけ。

窓から十数メートル向こうには、初秋には少しだけどコスモスが咲く。ピンク色ばかりだったから、黄色も咲かせようと、黄花コスモスの種、いっぱい集めていたのにな。こっそり種をまきにきたとしても、花が咲いたころ、スタッフに、

「あの花植えたの私なのよん」

とか言って笑うことは、もうない。

母子入園から数えたら十九年通った西条。もう来る用がないことが信じられない。西条には洋平の生きたあとがたくさんある。あまりに思い出が多くて、いまはつらすぎる。いつの日か、笑いながらなつかしむことのできる日はくるのだろうか。

私はまだ「洋平が死んだ夢を見た夢」を見ている。

「ああ、よかった。夢だった。洋平は死んでなかった」

と目を覚ましたら、それが夢だ、という夢なのだ。つらいよ、洋平。

でも、つらい、さびしいと言いながら、一日すぎれば、なにかしら、コトリと胸に落ちてくるものがある。

洋平は体が不自由だろうと苦しかろうと、与えられた時間をていねいに生きぬいた。

私もこれからの人生、何があっても、きちんと最後まで生きぬかなくてはと思う。

最後の瞬間までていねいに生きなければと思う。

そして、いつの日か命の終わりの日が来たら、その瞬間をていねいに受け入れたいと思う。

洋平が受け止めることができたことは私も努力しなければと思う。

洋平のような植物の優しさをいつかは持ちたい……などと、いろんな想いが胸に落ちてくる。

西条からの帰り道、唐突に父さんが、

「これからも破魔矢は三本買おうな」

と言った。わが家は、毎年元旦の初詣でのとき、破魔矢を三本買う。

毛利元就の逸話で、息子たちに矢を折らせる話がある。一本だと簡単に折れる矢も三本束ねると折れない。三人兄弟、力を合わせるよう息子たちに説いたという。広島のJリーグチーム、サンフレッチェ広島の名前の由来もここからきている。

私たちにも三人の息子。ずっと仲良くという願いをこめて、毎年三本の矢を買ってきたのだ。

「ねえ、父さん。命日、『一二三』で、すごく覚えやすいって知ってた？」

「知ってるよ。『うちの家族』だろ」

「は？」

「ほら。よその人にうちの子の説明するとき、名前で言うとわかりにくいから、洋平のことを一番、ダイを二番、航を三番で説明することあるだろ。平成二十二年一月二十三日。夫婦一二三。つまりうちの家族全員のことだ」

はあ？　なんじゃそりゃ。

笑いながら、涙が流れた。


春が来たら、ダイは働きはじめる。航は高校生になる。

洋平が死んでしまっても、時は止まることなく流れる。私たちも歩み続ける。

でも洋平は私たちとともにいる。春を知らせる花の香りのなかにも、あたたかな風のなかにも洋平はいる。私たちは、ずっと五人家族だ。

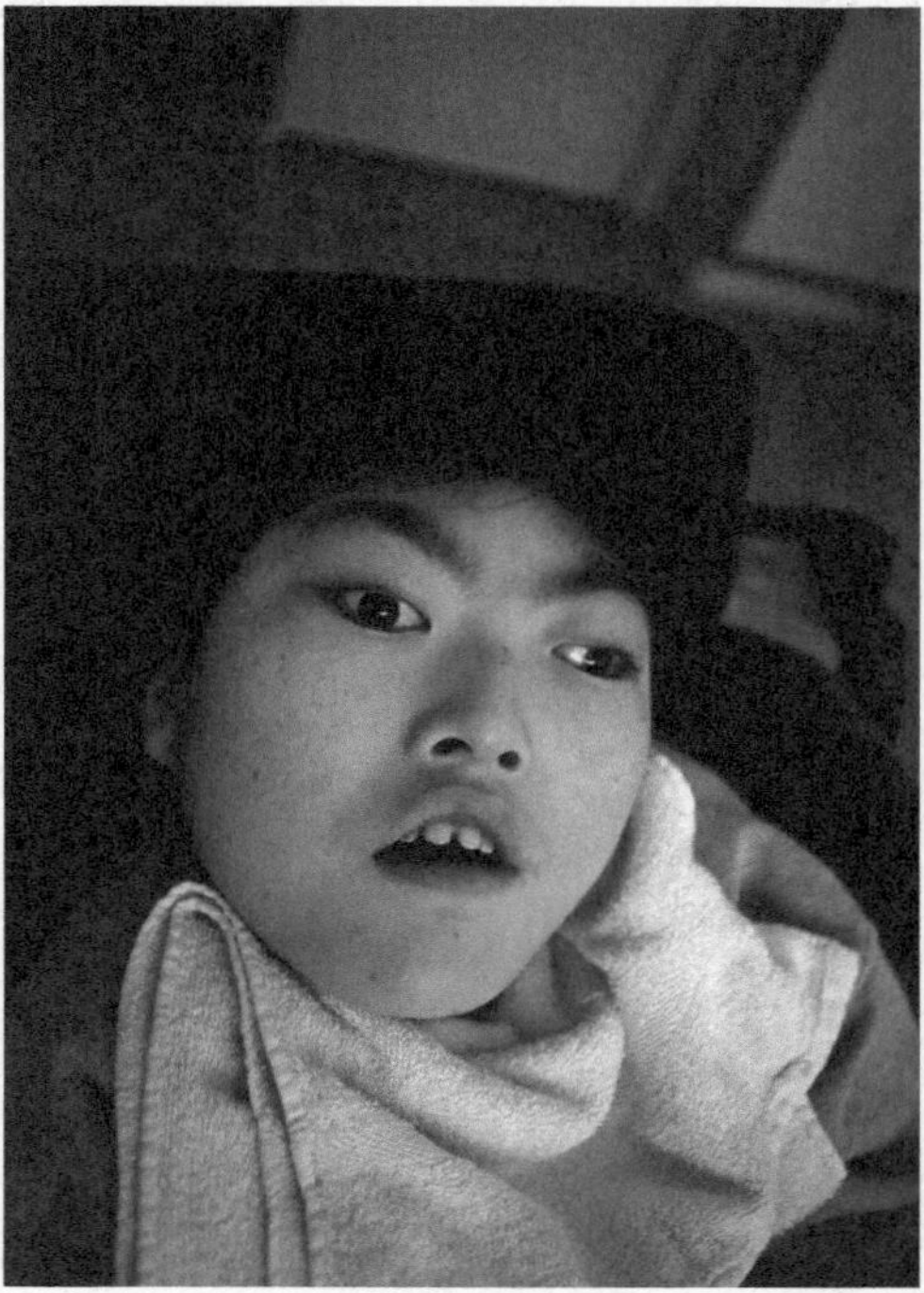

あとがき　明けない夜はないらしい

洋平が死んでしまって、丸四年がたとうとしています。ようやく、洋平がいた施設のあるリハビリセンターへ足を運ぶことができるようになりました。

毎日、家にいた子ではなかったので、お葬式が終わったあと、しばらくすると、洋平は、まだ施設にいるような気がしてしまっていました。盆踊り大会がおこなわれていた時季になると、「洋平に浴衣（ゆかた）を用意しなきゃ」と、思ってしまったり、天気予報の東広島の気温をチェックしてしまったり、柔らかでボタンのない服をみかけると洋平に買おうとしてしまったり。

「洋平は東広島で元気にしている」と、記憶をぬりかえようとしていたのかもしれません。

それが、リハビリセンターに行けば、いやでも、洋平の死を実感せずにはいられません。洋平が、もう、そこにいないのですから。

航が、リハビリセンター横にある屋内プールに行きたがり、久しぶりに東広島へ行きました。メイン道路から一キロの小道は、運転できない私が何回も歩いた道です。まだダイと航が幼い頃の、平日、もちつきをするというから、雪が舞う中をバス停から一キロ歩いて、やっと施設に到着したら、ベビーカーに乗せていた航の靴が片方ありません。「脱げたんなら脱げたって言ってよね」と、半泣きで、来た道を捜しながら戻ったのは、ついこのあいだのような気がするのに、もう二十年近く昔のことなのです。

ある映画のなかで、登場人物が、大変だった子育ての日々を「おとぎ話のように、あっというまだった」と言ったのを思い出しました。

ああ、ホントにそうだ。瞬きの間に、大きくなってしまった。

大きくなって、そして、洋平は逝ってしまった。

何も変わってないプールで航を泳がせ、何も変わってないように見えるリハビリセンターへ足を踏み入れました。

航が、プールのあとに食べることをこだわりにしている、食堂のラーメン定食。食べに行こうとしたら、その食堂の場所が変わっていました。

休日のリハビリセンターの薄暗い廊下を進み、洋平のいた施設の出入り口、数メートル前を左に折れます。洋平たちと、バーベキュー大会やそうめん流しをした中庭の横をぬけると、食堂がありました。

メニューも味もかわっていません。テーブルも、前、使っていたものを運んできたようです。よく航に声をかけてくれていた、なじみのおばちゃんは、もういませんでした。

私たちが食べ終わる頃、見覚えのある顔が、お母さんに車椅子を押してもらって、食堂に入ってきました。洋平の、元、仲間です。面会に来たお母さんの食事につきあってきたのでしょう。

洋平が生きていた頃、家族全員で面会に行き、ちょっと目を離したすきに、ダイや航がいなくなることがありました。捜していると、入口あたりの廊下にいることの多かった彼は、声はださないけど、震える手で、指さしてくれました。そして、彼の指す方向へ行けば、弟たちをみつけることができました。

食堂に入ってきた彼のお母さんは、別の人との話に夢中で私たちに気づいていませんん。そのほうがいい。洋平を知っている人と、洋平のいた場所で会うのはきつい。

彼に目で挨拶(あいさつ)すると、目の挨拶が返って来ました。

きみは長く生きて。洋平の分まで長く生きて。

声を出さずに、くちびるを動かしました。彼はうなずいてくれたような気がします。


洋平が死んでしまった二ヵ月後、ダイは社会人になりました。

航は特別支援学校の高等部に通いはじめました。

学校の規模や種類の違いか、特別支援学校の変化なのか、先生たちの変化なのか、私の知っている特別支援学校とは、ずいぶん違っていました。

洋平の三回忌を終えた、平成二十四年一月、高等部二年生の終わり頃から、航が荒れはじめました。小学生の時、暴れたのと比べものにならない激しさです。

自分で自分の顔を殴る。固いところに顔や額を激しくぶつける。自分の膝(ひざ)で、自分の目をうつ。こぶだらけ、青痣(あおあざ)だらけの顔。

そして、他害。特に、ダイへの攻撃がひどく、ダイの部屋に鍵(かぎ)をつければ、体当たりをしてドアをはずしてまで、つかみかかっていきました。

このままでは大変なことになってしまう。

ダイに当面の着替えを持たせ、大荷物で会社に行かせました。しばらく帰ってこないほうがいい。当分会えなくなるのだと、涙ながらにダイをおくりだしました。春の嵐が吹き荒れる日でした。

でも、その日から自宅を離れることになったのは、結局、ダイではなく、航のほうでした。その日、航は限界がきて、入院したのです。

航を預け、ほっとして、これできっと大丈夫、そう思って、気持ちは妙にハイなのに、心臓がばくばくして、まっすぐ歩けません。

帰り道、スーパーに買物に行くと、魚売り場で、航が好きだった宣伝のアニメーションが流れていました。これを見ながら、とびはねていたっけ。そう思った瞬間、涙が吹き出て、まだからっぽの買物かごを持ったまま、そこに立ち尽くしました。

ただ、一緒にいたいだけなのに、どうしてこんなことになるんだろう。

航もいつかは親から離れていきます。それが明日(あした)だって全然かまわない。笑顔での巣立ちなら。

今、こんなかたちで航が目の前にいないことは身を切られるようでした。

これで、安心できるのに、航のためにいいのに、私が望んだのに、百パーセントの信頼をおける場にお願いすることができたのに、どうして辛(つら)いのだろう。

洋平がまだ生きていた頃、年末に熱をだして、お正月、家で過ごせなかった時も、同じように思っていました。

ただ、目の前にいてほしいだけなのに、どうして、たったそれだけのことがかなわないのだろう、と。

日頃は、離れていてもいい。それがベストと思っていましたし、洋平の日常に満足していました。でも、大切な日は一緒に過ごしたい。

家族全員、一つ屋根の下、お互いの体温や息遣いを感じながら生きる。全員で同じ食卓を囲む。たったそれだけでじゅうぶんなのに。

ダイの職場は、これ以上はない、という職場でした。それでも、ダイは妙に体に力を入れ続けるので、ひどい肩こりに悩まされていました。全力で働き、家では、やすらぐ。その均衡が、航が荒れたことで、崩れました。

ダイは、一日中、ゲップをしはじめ、自分から、胃カメラを飲みたいと言い出しました。検査をしても異常はありません。頻尿や不眠、神経性の体の異常が出始めていました。

父さんは、左目の角膜移植の手術が必要となり、入院しました。

怒濤（どとう）の平成二十四年でした。

父さんと航が入院中、ダイと二人で夕飯を食べていました。みんなでおかずをとりあっていたにぎやかな食事は、もうできないのかなあって、悲しく思いました。

幸い、その後、航は三回の入院を経て、すっかり元の航に戻りました。

数ヵ月ぶりに航らしい笑顔を見ることができた時の喜びは一生忘れないと思います。

家族そろって、ごはんが食べられた時、これ以上の幸せはない、と思いました。

ダイも自分の体の不調との折り合いのつけかたを覚え、毎日、にこやかに過ごしています。父さんの目も順調です。

これまで「丁寧に生きる」が私の生き方でした。でも、この辛い日々のなかでは、「だましだまし生きる」に変わっていました。

先のことなんて考えない。ただ、すぐ目の前だけを見て、とりあえず、今日を生きてみる。そういう生き方も、ありなんだ、そういう生き方でないと、乗り越えられない時があるんだ、と、知りました。


我が家は、「日常」に戻れました。

昨日と同じ今日があって、今日と同じ明日があることは、奇跡なのかもしれません。

生きていること自体、奇跡の連鎖の結果のように思えてしまうのです。

私たちは、「日常」に戻れたと言っても、そこに洋平はいません。本当に元通りになれたわけではありません。そして、どんなに努力しても、命だけは、元にもどすことができません。

四年前、成人式のお祝いにいただいたノンアルコールビールはまだ洋平の写真の前にあるし、ブレザーの胸につけていた生花のコサージュも、ドライフラワー化してはいますが、まだ、あります。

洋平の死によって、私の心の一部が、動きをとめていました。そして、死を直視しないように、記憶をかえてみたり、あえて洋平のことを考えないようにしてみたり、ごまかして生きてきたような気がします。

「時」が解決できないこともある。どんなに年月がたっても私はこのままなのだろう。そう思っていました。

時々、心の奥の「洋平」という箱を開けて、瞬間、匂いをかいで閉める。

ところが、そんな日々が、気がつくと、洋平の記憶とまっすぐにむきあう日々へと変わって来ています。

もうすぐ末っ子の航も二十歳になります。

これからも、ダイや航に振り回される日々でしょうけど、私の「子育て」は、一応一区切りです。「子育て」の日々を、こうして皆様に読んでいただくことが、私にとって、何回目かの大きな夜明けなのだと思っております。
皆様の記憶のなかで、洋平が生きてくれたらと願っております。

平成二十二年、主婦の友社から、『洋平へ』のタイトルで出版されましたこの本を文庫化してくださいました角川書店さんに深く感謝しております。

「十年、二十年と読み継がれていく本になってほしい。この本にはその価値があると思います」と、手をにぎってくださった編集者さんの手と声のあたたかさ。きっと奇跡的なそういう本になると信じています。

佐々木志穂美

解説

カタクリのような

玄侑宗久
（芥川賞作家・禅僧）

もとより私にこの本の「解説」が書けるとは思わない。通読して感じたことを二、三書くことで、ご依頼に応(こた)えられればと思う。

本文中にも出てくるが、私が佐々木さんご夫婦にお目にかかったのは、福島県猪苗代町で行なわれている「母から子への手紙コンテスト」の授賞式でのことだった。志穂美さんが大賞を受賞され、そのときたしか、夫である博之さんと次男の大くん、そして三男の航くんが一緒に冬の猪苗代に来てくれたのだったと思う。

受賞作には、やはり子どもたちとの、切実だが明るく逞(たくま)しい暮らしぶりが描かれ、普段から言葉を杖(つえ)にしてきた志穂美さんの作品は圧倒的な印象だった。たった四百字なのに、そこには日々の暮らしで磨かれた言葉への感性、つまりはどう生きるべきかという葛藤(かっとう)や思考の跡が、結晶するように燦(きら)めいていた。もっと長いものを是非読んでみたい、そう思って素直にそう申し上げた記憶がある。

この本を読むと、ここに描かれた生活のなかでモノを書くのは物理的に相当大変なことだろうと思う。しかし彼女の日常は、書かずには収まらない出来事や葛藤に溢(あふ)れており、書かないわけにもいかないのだ。まるで眠り方を眠らずに考えるような、苦しい時間も多かったのではないだろうか。とうとう志穂美さんは『さんさんさん』という一冊をまとめ、私にも送ってくださった。あっという間に読めてしまったのは、極めて特殊な生活が描かれながら、そこには常に普遍を見つめる彼女の目が感じられたからだと思う。

妙な言い方になってしまったが、簡単に言えば、たとえば今回の本の次のような文章をご覧いただきたい。

「保育所には、毎日チャリ三人乗りで通っていた。雨なら三つのかさを差して乗る。月曜日なら お昼寝布団も肩にかつぐ。中国雑伎団のようだ」

月曜日に雨が降ったらどうなるのだろうと心配ではあるが、とにかく彼女には、そんな自分たちの姿を「中国雑伎団のようだ」と突き放して見る目がしっかり根づいているのである。

今回、この本を読みだして驚いたのは、じつは旦那(だんな)さんの博之さんも素晴らしい文章を書く人だったということである。冒頭に「父さんから 洋平への手紙」が収められ、また「はじめに」も博之さんによって書かれているが、冒頭のエッセイが賞をもらったのも納得できる。たしかな意志と、俯瞰的な目も感じさせる優れた文章だと思う。

博之さんによれば、志穂美さんは「筋道たてて話すことが苦手な妻」ということになるらしいが、なるほど彼の文章を読むと思わず頷きそうになる。もしかすると夫婦は、悲喜こもごもの二十年あまりの間に、思考法そのものまで理想的な形で分担していたのではないか。私はそんなことまで思ってしまった。

私が結婚するとき、戒師をしてくださった師匠の平田精耕老師は、とにかく夫婦は同じことをすると競い合うことになるから、上手に分担するようにと御垂訓をくださった。それはむろん、子育ては母親、などという表面的な分担の意味ではない。あえて言葉で表すなら、たとえば細部を愛情もって見つめる目と、いわばそれを歴史や地図のなかに置き直して見る目、とでも云えるだろうか。

もしかすると二人は、洋平くん、大くん、航くんと接する日々のなかで、じつに補完的な見方考え方を、無意識に培ってきたのではないだろうか。

思えば人は、だれもがある意味で特殊である。無数の特殊を平坦に均した平均値が「普通」なのかもしれないが、じつは普通などというものはだれにもピタリとは当てはまらない。単に全体を一括して扱う制度やシステムにとって、それが必要なだけなのである。

人は時によって特殊でありたかったり普通でありたかったりする。普通の側に身を置いて特殊を差別したり、特殊のほうに身を置いて普通を莫迦にしたりもするが、逆に特殊から普通に憧れることもある。小学校の就学前健診でたくさんの母子が手をつなぎ、校門から入っていくのを見ただけで泣いた志穂美さんには、普通がなぜか「ホントウ」に見えていたようだ。しかし運命に感謝し、ていねいに生きよう、運命に似合った自分になりたいと思った志穂美さんは、やがて普通のなかにも個別を見つめ、特殊という括りのなかにもっと深い個別を見出していく。

大くんが普通学級、洋平くんは特別支援学校、航くんは普通学校の特別支援学級だったから、志穂美さんは三つの世界を見られて楽しかったという。しかし服のままプールにとびこんだかと思うとテストで百点をとる大くんも、耳かきをさせてくれただけで泣けてきたという航くんも、また十九歳で気管切開をした洋平くんのことも、そう簡単に楽しめる状況ではなかったはずである。

彼女自身が舌がんの患者さんに接して思ったように、きっと涙を流した無数の日々があり、逞しく笑える日々を迎えたのだろう。

洋平くんの優しさを、「植物のような優しさ」と志穂美さんは表現する。けれど普通も特殊もなくただ個別だけを感じる植物の優しさは、おそらく壮絶な体験を経て彼女自身が身につけた優しさでもあるに違いない。

書くことでどこかにつながるのだと信じた若い母親は、我が子を「かわいい」と感じてくれる身内以外の人々に厚く支えられ、それを「驚くほど縁が濃い」と感じつつたくさんの言葉を杖にして生きてきた。「歩けんのがなんぼのもんじゃい」という内なる広島弁の叫びには、広島の地回りほどの迫力がある。じつは三人の子供たちによって、彼女こそ極めて個別で特殊な母親に育っていたのではないだろうか。

　兄弟の数だけ夫婦兄弟の形がある。そう言ったのは志穂美さんだが、母親の数だけ母親もあり、夫婦の数だけ夫婦もある。そうだと解っているのに、このあまりに個別な夫婦と親子、兄弟の物語に感動してしまうのはどうしてなのだろう。これほど特殊な物語の底に横たわる普遍とはいったい何なのだろう。

　おそらくそれは、彼女の使う言葉の力だ。博之さんの言葉もそうだが、それは間違いなく「つながる」ために使われているのだ。

　大くんをからかった八人の生徒と母親たちの前で、志穂美さんはゆらゆら訥々（とつとつ）と話したという。「死ね」という言葉、それがどうしても悲しい。「死」は懸命に生きたゴールであってほしいのだと。泣きながらそれを聴いて謝った母子たちと同じ心が我々にもある、そこに普遍を見出して安堵（あんど）するより、やはりその結果を呼び込んだ志穂美さんの言葉の普遍こそが讃（たた）えられるべきではないか。

　奇しくもこの本の最後で、一つの懸命に生きた生がゴールを迎える。それはいくらでもショッキングに描くことが可能な、そんな出来事だったはずである。しかし私は、妙な言い方だが平静に読むことができた。その瞬間は本人によって「ていねいに」受け入れられた、志穂美さんがそう語るまえに、そのことが感じられたからだと思う。

懸命に生き、ていねいにゴールとして受け入れ、そして「ちゃんと」見送ってもらえるのが死であるなら、べつに取り乱す必要もないではないか。私はそのことを、この本から徹底して教えられた。

大切な最後の見送りをしてくださったお寺さんとのご縁も、同業者としてとても嬉しい。

ゆらゆら思うままに書いてきたが、最後に博之さんに一言。

筋道たてて話すのが苦手な妻だとおっしゃるけれど、筋道では太すぎて入ってゆけない細部がある。蟻の巣が大地を崩したり盛り上げたりするように、微細に深く浸透するのも大きな力だ。いや、旦那さんの立ててくれる筋道があったから、志穂美さんは安心して深くまで入りこめたのだろうか。

ともあれ、懸命で、ていねいで、可憐でありながら逞しくて根の深い、まるで庭先のカタクリのようなこの本が、多くの読者に届くことを念じてやまない。

二〇一〇年六月

本書は二〇一〇年九月に主婦の友社より刊行された単行本『洋平へ――君の生きた20年と、家族の物語』を、改題、加筆修正の上、文庫化したものです。

障害児3兄弟と父さんと母さんの　幸せな20年

佐々木志穂美

平成26年 2月25日　初版発行
令和7年 6月20日　3版発行

発行者●山下直久

発行●株式会社KADOKAWA
〒102-8177　東京都千代田区富士見2-13-3
電話　0570-002-301（ナビダイヤル）

角川文庫 18403

印刷所●株式会社KADOKAWA
製本所●株式会社KADOKAWA

表紙画●和田三造

●お問い合わせ
https://www.kadokawa.co.jp/（「お問い合わせ」へお進みください）
※内容によっては、お答えできない場合があります。
※サポートは日本国内のみとさせていただきます。
※Japanese text only

ISBN978-4-04-101232-1　C0195

◆◇◇